lourenço cazarré
ilustrações de roberto weigand

ILHADOS
tratado sobre guris

Prêmio Açorianos de Literatura – 2002
Melhor livro de contos publicado no Rio Grande do Sul em 2001

Coleção Jabuti Vida

1ª edição
1ª tiragem
2009

Conforme a nova ortografia

Editora Saraiva

Editora Saraiva

Rua Henrique Schaumann, 270
CEP 05413-909 – Pinheiros – São Paulo-SP
Tel.: PABX (0**11) 3613-3000
Fax: (0**11) 3611-3308
Fax Vendas: (0**11) 3611-3268
Atendimento ao Professor: 0800-0117875
Endereço Internet: www.editorasaraiva.com.br
E-mail: atendprof.didatico@editorasaraiva.com.br

Revendedores Autorizados

Aracaju: (0**79) 3211 8266/3211 6981
Bauru: (0**14) 3234 5643
Belém: (0**91) 3222 9034/3224 9038
Belo Horizonte: (0**31) 3429 8300
Brasília: (0**61) 344 2920/344 2951
Campinas: (0**19) 3243 8004/3243 8259
Campo Grande: (0**67) 3382 3682
Cuiabá: (0**65) 3901 8088
Curitiba: (0**41) 3332 4894
Florianópolis: (0**48) 3244 2748/248 6796
Fortaleza: (0**85) 3238 2323
Goiânia: (0**62) 3225 2882/3212 2806
Imperatriz: (0**99) 3525 2913
João Pessoa: (0**83) 3241 7085
Juazeiro do Norte: (0**88) 3511 8280
Londrina: (0**43) 3322 1777
Macapá: (0**96) 3223 0706
Maceió: (0**82) 3221 0825
Manaus: (0**92) 633 4227
Natal: (0**84) 3611 0627/3211 0790
Porto Alegre: (0**51) 3371 4001/3371 1467/3371 1567
Porto Velho: (0**69) 3223 2383/3221 2915
Recife: (0**81) 3421 4246
Ribeirão Preto: (0**16) 3610 5843
Rio Branco: (0**68) 3224 3125/3224 7094
Rio de Janeiro: (0**21) 2577 9494
Salvador: (0**71) 3381 5854/3381 5895
Santarém: (0**93) 3523 6016
São José do Rio Preto: (0**17) 3227 3819/3227 0982
São José dos Campos: (0**12) 3921 0732
São Luís: (0**98) 3243 0353
Teresina: (0**86) 3221 3998/3226 1956
Uberlândia: (0**34) 3213 5158/3213 6555
Vitória: (0**27) 3137 2595/3137 2566/3137 2560

IMPRESSÃO E ACABAMENTO
Bartira Gráfica e Editora S/A

Gerente editorial: Rogério Carlos Gastaldo de Oliveira
Editora-assistente e preparação de texto: Kandy Sgarbi Saraiva
Auxiliar de serviços editoriais: Rute de Brito
Estagiária: Mari Kumagai
Suplemento de atividades: Maria Regina Bellucci / Kandy Sgarbi Saraiva
Revisão: Pedro Cunha Jr. *(Coord.)* / Lilian Semenichin / Janaína da Silva / David Medeiros
Gerente de arte: Nair de Medeiros Barbosa
Diagramação: Hamilton Olivieri Jr.
Capa: Aeroestudio
Ilustrações: Roberto Weigand

Dados Internacionais de Catalogação na Publicação (CIP)
(Câmara Brasileira do Livro, SP, Brasil)

Cazarré, Lourenço
Ilhados : tratado sobre guris / Lourenço Cazarré ; ilustrações de Roberto Weigand. — São Paulo : Saraiva, 2009. — (Coleção Jabuti)

ISBN 978-85-02-08395-0 (aluno)
ISBN 978-85-02-08396-7 (professor)

1. Contos – Literatura infantojuvenil I. Weigand, Roberto. II. Título. III. Série.

09-08886 CDD-028.5

Índices para catálogo sistemático:

1. Contos : Literatura infantojuvenil 028.5
2. Contos : Literatura juvenil 028.5

Sumário

Véspera de aula

Na noite anterior, deitamos muito tarde, cansados, exaustos. Brincamos até não poder dar mais um passo porque aquela seria a última noite de férias. Corremos feito loucos — pega-pega e esconde-esconde — pelas calçadas, pátios, muros e soleiras da nossa rua, que rescendia à dama-da-noite.

O sono demorou a chegar, como em todos os outros anos, como em todas as vésperas do primeiro dia de aula. Não havia acomodação possível na cama, eu me virava de um lado para o outro. Joguei longe o lençol. Quem seriam os meus colegas naquela escola distante? Como seriam os professores? Por fim, quando chegou, o sono veio carregado de pesadelos.

Num deles, fui impedido de entrar na escola pelo inspetor de disciplina. Eu quis argumentar que estava bem uniformizado e que ainda não havia batido o sinal, mas ele apontou para os meus pés. Eu estava calçando uns ridículos sapatos vermelhos. Acordei sobressaltado e fui à cozinha beber água.

Despertei outras vezes. Numa delas, conferi os livros e os cadernos novos na pasta. Tinha sonhado que os havia perdido. Em outra, examinei todas as peças do uniforme.

Mesmo tendo dormido pouco, acordei cedo, quando a vermelhidão do dia que nascia se infiltrou por uma falha na veneziana.

Ainda estava sentado na cama, meio zonzo, calçando os sapatos, quando a mãe entrou pelo quarto, agitada, enfileirando frases:

— Te apronta que o café já está na mesa. Mas antes me passa uma água nessa cara remelenta. Te movimenta! Não te atrasa, que eu te deixo de castigo!

O calor da noite ainda não se fora, permanecia entranhado nas paredes da casa. Passei a mão na testa, por baixo do topete, e senti umas gotinhas de suor.

Arrastei-me até o banheiro. Joguei água nos olhos ardidos. Como a água não estava muito fria, tomei coragem e enfiei o pescoço debaixo da torneira. Empapei os cabelos. Por fim, sequei-me com a toalha.

— O leite está esfriando em cima da mesa — era a mãe, da porta do banheiro. — Te mexe, guri, deixa de ser mazanza! Acorda duma vez!

Ela sempre ficava aflita com o meu jeito, atordoado, ao despertar.

Quando saí à rua, senti que gotas incômodas desciam do meu cabelo molhado e se enfiavam pelo colarinho da camisa branca. Mais uma vez conferi os pés: felizmente, estava calçando os sapatos pretos regulamentares, lustrosos, e não os do pesadelo. Depois, comecei a embalar a pesada pasta de couro, carregada de livros e cadernos novos. Bom era o cheiro de tinta de impressão que saía dela. A pasta pesava uma barbaridade, mas eu não tinha do que reclamar. Estava

orgulhoso de carregar tantos livros grossos, os livros que diferenciavam um ginasiano de um guri de primário. Respirei fundo, levantei o nariz.

Mas logo tive de abandonar a pose. O peso da pasta aumentava de quadra a quadra. E o calor já incomodava. Olhei para o céu. Uma chuva acabaria com o vinco perfeito das minhas calças compridas. Calças compridas de ginasiano. Apressei a passada.

De repente, me vi sobre a ponte de pedra, pertinho da usina, e dali já podia avistar a escola lá longe, quadradona, cinzenta. A descida da ponte empurrava-nos. A passos largos, cruzei pelo edifício da usina. A escola, com seus altos muros e suas incontáveis janelas, era como um castelo de filme de terror.

Naquele primeiro dia, os inspetores de disciplina olharam-nos de cima, com ar de pouco-caso, quando entramos. E nem se deram ao trabalho de responder nossas ansiosas perguntas sobre cadernetas de presença e localização das salas de aulas. O que fizeram foi empurrar-nos para o pátio com seus gritos secos e seus gestos duros, como quem espanta um bando de gansos grasnadores.

Lá fora esperavam-nos os veteranos. Na sombra das árvores, cuspindo dentre os entes; atirados nos bancos de cimento, fazendo cara feia; caminhando todos cheios de balaca, queixo alevantado.

Estávamos, três dos pequenos, olhando os peixes vermelhos no laguinho, quando os veteranos se aproximaram, sem pressa, se fazendo de sonsos, e, sem uma palavra, nos empurraram.

Por um momento, ainda nos seguramos, uns nos outros, aturdidos, tentando manter o equilíbrio. Para eles, isso era justamente o mais engraçado porque sabiam que acabaríamos caindo todos, juntos, de cambulhada, como um bando de bêbados na saída de um baile.

Lutei muito para não cair. Já estava molhado até o meio da canela, mas não queria me ir de bunda na água. Eu só pensava na minha calça nova de vinco bem frisado. Não adiantou. O fundo do laguinho, de tijoleta, estava esverdeado de limo escorregadio.

Então, desabamos, de roldão.

Em pânico, os peixinhos procuraram abrigo entre as pedras do meio do lago, enquanto a gente chorava e os veteranos gargalhavam.

Mal nos arrastamos para fora, gotejantes, eles já corriam pelo pátio, soltando gritos selvagens, comemorando.

Aquilo era "o batismo".

Nos primeiros dias de aula, muitos outros calouros ainda seriam batizados naquela água esverdeada.

Nós, as primeiras vítimas do ano, fomos ao banheiro e lá torcemos as meias e as calças empapadas. E despejamos no vaso a água que restara dentro dos nossos sapatos.

Na hora do recreio foi ainda pior. Os veteranos não empurraram apenas os que se aproximavam da beira do laguinho. No muque, eles arrastaram alguns menores e os jogaram sem dó nem piedade dentro d'água.

Como era da tradição da escola que no primeiro dia de aula os mais antigos comessem a merenda dos novatos, eles nos tomaram os pães com manteiga ou com goiabada que as nossas mães haviam preparado com tanto esmero.

Ao meio-dia, quando fomos despejados no calor sufocante da rua, os veteranos já estavam por ali para anunciarem a "crisma", que ocorreria nos dias seguintes.

Informaram-nos que essa tal crisma consistia em arrancar vassourinhas no campo de futebol, ao redor das piscinas e nos canteiros ao lado das oficinas. E acrescentaram detalhes. Disseram que quem sangrasse na palma das mãos seria considerado maricas e teria de atravessar de ponta a ponta o campo de futebol, com as mãos na cintura, rebolando, sob o coro de *ai-ai* dos veteranos. Disseram também que quem tivesse rijas as palmas da mão, e não sangrasse, seria chamado de alemão-colono ou de negro-escravo, isso conforme a cor de sua pele, se branco ou moreno, e teria de atravessar o campo meio encurvado, como se estivesse levando nos ombros uma enxada, sob *êra-boi* dos algozes.

Em casa, minha mãe não quis saber de conversa, porque mulheres não entendem nada dos rituais masculinos de iniciação. Ela simplesmente me sacudiu pela orelha e discursou:

— Justamente no primeiro dia, tu me cais dentro d'água, seu molenga! Olha só o que tu fez da tua roupa nova, condenado! Comprada no crediário, um monte de prestação! Por que tu te enfiou na beira do laguinho? Tu nunca viu peixe, pateta? Olha só o estado da

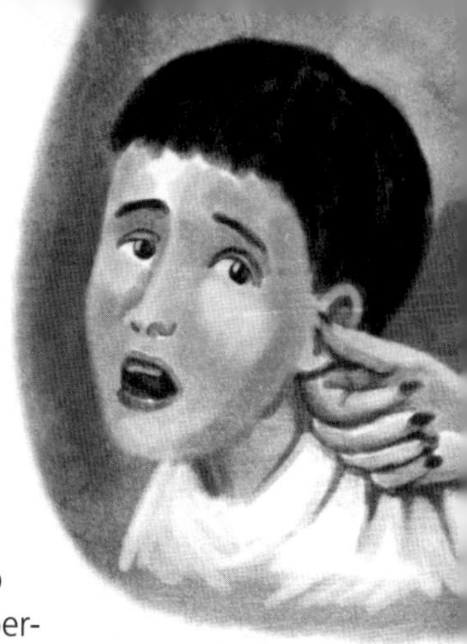

tua calça! Dá vontade de chorar! Imagina se tu estivesses vestindo o teu blusão de banlon!

As mães gostam de frases curtas, exclamativas, cuspidas umas em cima das outras, aos gritos. Mães existem mesmo para isso, para xingar a gente.

Bem, mas a verdade é que não houve a crisma no segundo dia.

Já no portão, na fila para a entrega das cadernetas, notei que os inspetores estavam muito diferentes do dia anterior. Se alguém fazia uma pergunta, eles não xingavam nem berravam. Respondiam usando *por favor* e *pois não*.

Aquilo me impressionou. Boa coisa não podia ser, pensei. Talvez aquela encenação fizesse parte da crisma, porque os inspetores eram cúmplices dos veteranos. Isso tinha ficado bem claro no dia anterior, quando eles não haviam impedido que os pequenos fossem jogados no laguinho.

No salão, fiquei surpreso com o amontoamento. Todos os veteranos estavam por ali, compenetrados, sérios, falando baixo. Lá longe, por cima da cabeça deles, havia um pano roxo cobrindo uma das grandes janelas envidraçadas que davam para o pátio deserto.

Fiquei curioso com aquilo, pensei em olhar mais de perto, mas desisti logo. Por nada no mundo ia me enfiar naquele mar de veteranos. Eu me ergui na ponta dos pés e pude ver um grande crucifixo de madeira escura pendurado no pano roxo. Em seguida, senti um cheiro forte de flores e de velas derretidas. Era como estar numa igreja na época da Páscoa.

De repente, escutei o choro. Era um triste lamento de mulher, um pranto que corria sereno como um rio de planície, mas que de vez em quando se encrespava num grito.

As mulheres choram como os bichos, sem pudor. No seus gritos elas mostram tudo o que os homens escondem com os seus silêncios: desespero, revolta e impotência.

Eu estava pensando em furar a muralha dos veteranos, quando o padre apareceu. Magro e muito alto, todo vestido de negro, ele veio da frente da escola, ladeado por dois inspetores. Passou entre nós lançando olhares furtivos e raivosos, como se temesse uma piadinha naquele momento.

Aquele padre atendia havia anos aquela escola e quase que se acostumara ao escárnio dos meninos, mas, naquele dia, seu rosto escaveirado mostrava que ele não estava para brincadeiras.

Quando o padre passava rápido pela clareira que se abrira entre os estudantes maiores, eu pude ver o caixão de madeira sobre o estrado de metal e as coroas de flores lá no meio do salão.

O choro da mulher explodiu então em brados histéricos.

Minutos depois, quando ela se calou, escutamos a voz do padre, anasalada, fanhosa, recitando orações em latim.

Como os bedéis estavam espalhados pelo meio dos veteranos, nós, os novatos mais curiosos, tomamos coragem e subimos para os bebedouros. Dali a gente podia ver o centro do salão.

De longe, me pareceu que o rosto do guri deitado no caixão estava meio arroxeado. Já as mãos, cruzadas diante do peito, eram bem amareladas. Da cintura para baixo, o corpo estava coberto com a bandeira branca e azul da escola.

Debruçada junto ao caixão, localizei a mulher que chorava. Com a cabeça coberta por uma mantilha negra, ela apertava um lenço branco contra a boca. Por trás dela, rodando um boné nas mãos, estava um homem pálido, com a barba por fazer. Ele parecia incomodado de estar ali, louco para ir embora.

Num movimento brusco, a mulher ergueu o rosto. A mantilha deslizou-lhe pelos cabelos negros. Ela encarou o crucifixo e, em voz alta, quis saber de Deus por que, naquele mar de guris, ele havia escolhido justamente o filho dela para levar embora.

Assustado, o padre fechou o livro.

Senti que não tinha o direito de presenciar aquela cena. Saltei da bancada de mármore do bebedouro para o chão, voltei para o meio dos novatos e fiquei escutando o que os garotos murmuravam:

— Era da terceira série.

— De bicicleta.

— Depois da aula, ontem de tarde.

— Um carro acelerado...

Naquele dia não houve crisma. Nem na quarta-feira. Mas na quinta-feira, porque éramos jovens, e a morte era algo improvável e distante, os veteranos nos arrastaram para o campo de futebol.

BRIGA de guris

Era janeiro, mês de férias.
Sobre a terra ressequida havia uma camada de areia fina, cinzenta. De quando em quando, uma língua quente de vento, vinda do rio, erguia pequenas nuvens sufocantes. Naquele bairro novo, de poucas casas humildes, o calor era mais intenso. Não havia uma só árvore que chegasse ao peito de um homem.

No meio da tarde, insensível ao sol vermelho, ao ar irrespirável, um menino corria sobre o cascalho incendiado atrás de uma bola. Da sombra do alpendre, o avô o observava com olhar cúmplice.

De repente, tocado por uma lembrança, o velho se ergueu.

— Vem cá, guri.

Depois de espreguiçar-se, colocou as mãos na cintura. Olhos carinhosos, mirou os canteiros e, em seguida, o neto.

Com um quase imperceptível movimento do pé, o menino ergueu a bola e segurou-a junto ao peito. Depois, dirigiu-se para onde estava o avô.

— Papel e fumo — disse o velho. — Me compra um livro de papel Colomy e um pacotinho de fumo. O fumo é Ouro Pelotense, não serve outro. Fósforo, não precisa. Só isso.

— O senhor garantiu que ia deixar de fumar.

— Eu disse mesmo. Mas não falei quando. Um dia desses eu paro.

O menino desfez o abraço e a bola saiu rolando pelo canteiro. Avô e neto acompanharam-na com os olhos, até que ela se deteve contra a parede de madeira.

Apanhando as notas que o velho lhe estendia, disse:

— Vou botar os chinelos, a rua deve estar queimando.

— Que chinelo, que nada! Vai com os meus sapatos mesmo. Vai duma vez!

O velho descalçou os sapatos e os passou ao menino.

— Meus pés estão sujos...

— Tanto faz! Te manda!

O menino enfiou os sapatos, bem maiores do que seus pés, e enveredou pelo trilho que ia até o portão. De lá, voltou-se.

— O senhor vai ficar quietinho dentro de casa. O sol está muito forte.

— Claro — disse o velho. — Eu sei me cuidar.

— Jura que não vai mexer nos canteiros?

— Claro! E eu sou louco? Raspa, guri!

Arrastando de leve os pés, levantando uma poeirinha rasteira, o menino se pôs a caminho da venda. Atrás de si, deixava um rastro, não umas pegadas, mas um rastro mesmo: dois riscos paralelos. Ia bem pelo meio da rua. Aos poucos, uma camada fina de poeira, rala como cinza, cobria os sapatos pretos, grandes, muito grandes. Era um calçado de grossas solas de borracha e saltos carcomidos nos cantos por causa dos problemas de coluna do avô.

Andando daquele jeito, pensou o menino, ninguém perceberia que os sapatos eram do velho. Não, ele não precisava se preocupar por causa daquilo. Não havia ninguém pela volta, na rua.

Era divertido, gostoso, levantar aquela poeirinha.

De longe, de um ponto qualquer por trás das casas, meio sufocada pela poeira e pelo calor, veio uma gritaria. Eram os guris no campo de futebol. Alguém devia ter feito um gol. Depois da partida, na certa, iriam nadar no rio.

Que bom se pudesse jogar bola e nadar com eles!

A rua voltou a ficar em silêncio. As mulheres deviam estar nas sombras das casas, acabando de lavar a louça do almoço. Não entendia como os mulheres arranjavam tanta coisa para fazer dentro de casas tão pequenas, o dia inteiro em movimento, incansáveis.

Lembrou-se, com saudade, de sua mãe.

Mas tinha de permanecer ali até o final das férias de verão, cuidando do avô. O velho andava tendo tonturas por causa do calor.

Chegou à esquina. A venda funcionava numa casa igual a todas as outras, pequena, de madeira. Nem placa tinha na frente. Na sala, com uma tábua larga, o dono havia improvisado um balcão. Sobre ele, empilhara uma bacia com torresmo, uns potes de bala e uma balança. No chão, diante do balcão, havia sacos de boca aberta, com a aniagem enrolada: arroz, feijão e erva-mate. Nas prateleiras, cobertas com o papel florido que as lojas usam para enrolar presentes na Páscoa e no Natal, equilibravam-se garrafas de cachaça e conhaque.

Sentado por trás do balcão, a cara enfiada no peito, os grandes ombros gordos oscilando de leve, o dono da venda dormia.

Seria melhor tossir ou bater no balcão? Ou deveria cutucá-lo de leve? E se o cutucasse, onde seria? Nos braços, claro, porque ele os tinha cruzados por cima da pança.

Enquanto se fazia essa perguntas, o guri percebeu que alguém entrava na venda. Virou-se e viu o negrinho, que se encostava na parede, bem ao lado da moldura da porta. Conhecia-o de vista. Sabia onde ele morava. A mãe dele era lavadeira.

Voltou-se de novo para o homem que dormia. Viu que a mão direita dele, de grossos dedos nodosos, tremia por cima da barriga. Na certa, estava sonhando. De quando em quando, roncava. Um ronco de porco, cavernoso. Gotas de suor, nascidas entre os fios negros do cabelo espetado, corriam pelo lado do rosto dele.

— Acorda ele, moleque!

Voltou-se. O negrinho continuava como antes, as costas apoiadas na parede, os braços caídos ao lado do corpo, um pé diante do outro, displicente. Por que teria falado daquele jeito, agressivo? Procurou os olhos dele, mas não os encontrou. O negrinho olhava reto para a frente, mirava as prateleiras de bebida. Recostado daquele jeito na parede, preguiçoso e mole, parecia um gato, um bicho traiçoeiro.

Moravam em casas próximas. Por que não brincavam juntos? O guri lembrou do dia em que havia visto o negrinho pela primeira vez: era um fim de tarde e ele estava saindo de casa com duas trouxas de lavado para entregar. Uma grande equilibrada na cabeça e outra, menor, debaixo do braço.

O menino tornou a voltar-se para o dono da venda. Continuava indeciso. Sabia que o vendeiro era muito mal-humorado. Temia ser xingado caso o sujeito despertasse de guampa virada.

— Acorda ele duma vez, seu merda!

Era o negrinho de novo.

Assustado com o palavrão, o guri dos sapatos grandes não se voltou. Precisava mesmo acordar o homem. Tinha de correr logo para casa. Seu avô na certa ia se aproveitar daquela demora para furungar nos canteiros. E não podia. Conselho médico. As tonteiras.

Tocou de leve no gordo braço suado.

Em meio a um ronco interrompido, o dono da venda acordou:

— Como vai o teu vô, guri?

— Bem. Me mandou aqui buscar um pacote de Ouro Pelotense e um livro de papel Colomy.

Com um suspiro, o homem levantou-se e foi até o armário envidraçado:

— Aquele velho não tem paradeiro. Parece que tem bicho-carpinteiro no corpo. Devia era sossegar o pito.

O menino apanhou o fumo e o papel e entregou o dinheiro.

Fazendo o troco, o vendeiro se dirigiu ao negrinho:

— E tu aí, peste, o que é que tu queres?

— Nada. Estou só olhando.

— Aqui não tem nada pra olhar. Te manda! Some das minhas vistas!

Com um novo suspiro, ainda mais fundo, o homem voltou a sentar. Entregou o troco e, com os olhos já fechando, deixou cair a cabeça no peito.

Ao sair, apressado, o guri nem percebeu quando o negrinho atravessou o pé diante do seu caminho. E no embalo em que vinha tropeçou e caiu direto no chão, lá fora, estendido, esparramado na poeira.

Levantou-se depressa, disposto a correr para casa, mas o outro estava na frente dele, impedindo-o de passar. Meio agachado, com os ombros voltados para a frente, os braços diante do corpo, as mãos fechadas, ele parecia um bicho feroz, pronto para o bote.

Mais uma vez o garoto tentou encontrar os olhos do negrinho, mas não conseguiu. Ele parecia estar olhando, através do corpo do menino branco, para um lugar muito distante.

Por que será que ele está querendo briga comigo, perguntou-se.

Arriscou um olhar para o pátio de sua casa. Se visse o avô, poderia gritar por socorro. Não, o velho não estava lá no alpendre. Devia estar dentro de casa, fazendo um cafezinho para antes do cigarro. Mas também podia estar pelos fundos do pátio, cavoucando nos canteiros. E se o velho tivesse desmaiado de novo? O garoto sentiu que seu coração disparava.

— Tu devias ter acordado ele assim — disse o negrinho, e seu braço fez um círculo no ar. A mão espalmada encontrou o rosto do outro, meio de lado, perto da orelha. A bofetada estalou.

O menino recuou alguns passos e foi parar perto da sarjeta. O tapa queimava como fogo, mas o que doía mais era a vergonha. Olhou em volta. A rua estava deserta, não se via uma só alma. Seu avô estava em casa, desmaiado talvez. O dono do boteco dormia a sono solto. Não tinha por perto alguém a quem pudesse pedir socorro.

Diante dele, em pose de boxeador de filme, o negrinho.

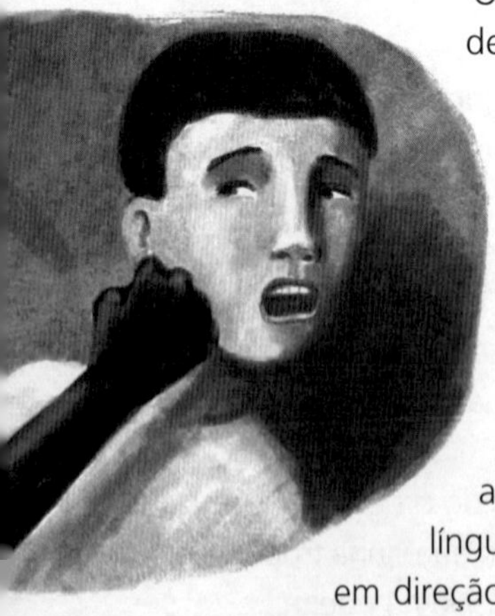

O garoto enfiou no bolso da calça curta o pacote de fumo e o livro de papel, que ainda estava segurando.

Então o braço moreno moveu-se mais uma vez, certeiro, mas com a mão fechada.

A língua do garoto branco procurou o local atingido e sentiu o sangue que manava do ferimento no lábio inferior.

Levantou os braços para defender-se, mas os movimentos do outro eram mais vivos. Foi atingido no nariz. Instintivamente, a ponta da sua língua foi ao encontro do líquido quente que descia em direção aos lábios. Parece aquela aguinha salgada que sai do nariz quando a gente está gripado, pensou. Mas não era, era sangue.

Como o negrinho estava sem camisa, ele podia ver direitinho o movimento dos músculos por debaixo da pele escura. Era como observar o mecanismo secreto de um brinquedo.

Correr. Era só o que podia fazer. Para correr, teria que deixar para trás os sapatos do avô. Não, isso ele nunca faria na vida. Sabe-se lá quando o velho teria dinheiro para comprar outros!

Percebeu que depois de cada golpe o outro se colocava entre ele e sua casa, cortando-lhe o caminho. E ao mesmo tempo avançava, aproximava-se mais dele.

Recuou. Recuou enquanto pode, até que suas costas encontraram a parede da venda. Estava encurralado.

Conseguiu defender-se de alguns socos, e os que lhe atingiam o rosto não já doíam tanto.

De repente, notou que o outro era mais baixo do que ele. Menor e mais magro.

Talvez por já estar um pouco cansado ou por saber que o outro não reagiria, o menino do rosto escuro perdera um pouco da ferocidade inicial. Vistos de bem perto, seus olhos negros não eram nada assustadores.

Aí, com um salto, o menino branco enfiou-se entre os braços do negrinho e, com as mãos, alcançou-lhe o pescoço, um pescoço lustroso de suor, riscado por veias dilatadas.

Apertou enquanto pode. Continuou apertando mesmo depois de ter recebido o último soco, já bem fraquinho. Olhava o adversário diretamente nos olhos. Viu que, aos poucos, os olhos dele se arregalavam. Então, quando não teve mais forças para sustentá-lo, deixou que caísse ao chão.

Olhou o adversário deitado na poeira. Não sentia raiva, não sentia nada. Estava cansado demais para sentir alguma coisa. Mas não podia ir embora assim, sem mais nem menos. Então, ergueu a perna direita e desceu o calcanhar, com o resto de força que ainda tinha. O salto do sapato, desgastado na parte de fora, era como uma lâmina de borracha dura. Apesar do bruto cansaço, ainda conseguiu levantar a perna outras vezes, surpreso, com a leveza dos movimentos de seu calcanhar, que ora buscava o supercílio, ora a boca do outro. De certa forma, tinha no pé a mesma pontaria certeira que o outro tinha nos punhos.

Extenuado, parou. Observando o rosto do menino caído, perguntou-se se o seu estaria tão ferido e ensanguentado. Teria seu sangue aquela mesma consistência de óleo queimado?

Saiu dali arrastando os sapatos velhos, não mais por causa da poeirinha cinzenta, nem por causa dos rastros paralelos, mas porque suas pernas pesavam como se fossem de chumbo.

Foi até a bica, onde cinco ou seis vezes por dia enchia o galão de água. Encostou os lábios feridos na torneira e bebeu até se fartar. Depois, lavou o rosto e o pescoço.

Continuava ofegante quando o negrinho chegou à bica. Afastou-se para o lado, cedendo o lugar a ele. Viu então que o outro repetia os mesmos gestos que fizera pouco antes.

Por fim, lado a lado, em silêncio, vagarosos, exaustos, arrastaram-se no rumo de suas casas.

Cantiga de ninar

Manhã de domingo. Deitado ainda, preguiçoso, o guri sentiu falta de alguma coisa. Esfregou os olhos. Ah, sim, era o som do rádio. Nos dias de folga, o pai costumava sentar-se no pátio, e ficava girando o botão do aparelho de um lado para outro.

Saltou da cama. A sensação persistia. Não era só o chiado do rádio, alguma outra coisa estava faltando.

Pela janela, observou o pátio deserto. As flores brilhavam nos canteiros sob o sol forte.

Foi ao banheiro lavar o rosto. O banho de gato, como dizia a mãe.

Na cozinha, em cima da mesa, estavam a xícara, já com a essência de café no fundo, o pão e a margarina. Bastava aquecer um pouco de leite. Acendeu o fogão.

Atento ao leve ruído das chamas, permaneceu junto ao fogão, olhando ora para a mesa, ora para o pátio. Aos poucos uma vontade louca de chorar o invadia, um medo jamais sentido, a sensação de que algo irreparável tinha acontecido.

Dali a pouco, teria de se vestir para a missa das dez.

Onde estariam seu pai e sua mãe?

Mal acendia o fogo, já o apagava. Vertia o leite morno na caneca com essência fria. Bebia o café de um só gole. Depois pegava o pão barrado com margarina e ia comê-lo, de pé, na soleira da porta dos fundos. Dali observava a vizinha. A mulher estava sempre no tanque, era lavadeira. Tinha gestos duros e nervosos — ao esfregar, ao mergulhar a roupa na água, ao torcê-la —, mas vivia cantando.

Então, a mãe se aproximava dele, vinda do interior da casa, com a sacola e o dinheiro. Num dia, era carne. No outro, verdura. Num terceiro, pão ou açúcar. Não entendia aquilo. Nas férias sempre havia alguma coisa a comprar. Por que as mães não deixam a gente em paz?

Saía correndo em direção à venda ou ao açougue, perseguido de perto pelo seu cachorrinho, Bomba, que latia frenético.

Se ia ao açougue, pedia ao homem — antes que ele enrolasse a carne em papel de jornal — que tirasse uma lasquinha, que jogava para o cusco.

Da venda, do açougue ou da quitanda retornavam sempre correndo, o menino e o cão, que latia esganiçado e se enfiava o tempo todo entre as canelas finas do amigo.

O guri voltava a toda por temer que o negrinho Curuça já tivesse passado em direção ao campo com a sua bola de couro, nova, ganha no Natal. Se chegasse atrasado, podia ficar de fora do jogo. Mas ele não ficou fora de nenhuma partida naquele verão porque o Curuça, meio preguiçoso, era o último da rua a acordar.

O certo é que de um minuto para o outro todos eles surgiam no meio do campinho. Aos berros, formavam-se os times. Quem não estivesse ali ficava de fora, por melhor que jogasse.

Como não jogava bem — na verdade, ele era muito ruim, daqueles que chutam de canela —, o guri era sempre escalado para o gol. No início, rebelou-se, queria jogar na linha, ser um artilheiro. Deram-lhe duas ou três chances, até que ele se convenceu de que era mesmo um perna de pau. Daí em diante, foi sempre para o gol, direto. Aos poucos, acostumou-se. Depois passou a gostar.

Enquanto os guris corriam de lado a outro, atrás da bola, xingando-se — tu não passa a bola! me lança, seu burro! taí, eu não falei que ias entregar a rapadura? quem manda ser fominha! —, os cachorros ficavam pela volta, com os focinhos perto do chão, farejando; de quando em quando abocanhando-se, raivosos, brincando de luta ou então perseguindo alguma cadela corrida.

Bomba, o vira-lata do guri que jogava no gol, não se misturava. Era pequeno, mas posudo. Ficava sentado sobre as patas ao lado da pedra que servia de baliza, seu toco de rabo sempre em movimento, as orelhas em riste. E não deixava que os outros cuscos se aproximassem da goleira. Latia furioso para eles.

De repente, quando o jogo estava no seu melhor momento, as mães todas começavam a gritar, ao mesmo tempo, como se estivessem combinadas:

— Hora do almoço! Anda já pra casa, condenado! Olha só o solaço que está fazendo! Comida na mesa! Tu não tem medo de ter um troço nesse calorão, infeliz?

Após o almoço, o guri saía para o pátio com uma laranja na mão direita e com o prato dos restos na esquerda. Depois, enquanto o cachorrinho devorava a comida que sobrara, ele ia descascando a laranja com o canivete.

Concluída a refeição, chupada a laranja, cachorro e guri sentavam-se no portal da frente da casa para jiboiar.

A mãe não permitia que ele brincasse de barriga cheia:

— Sossega este rabo! Para-te quieto! Vê se vais me arrumar uma congestão!

Assim, menino e cão, preguiçosos, ficavam a observar os homens e as mulheres que chegavam das fábricas, apressados, com seus macacões sujos de sangue dos matadouros ou com seus aventais sujos das frutas que descascavam nas fábricas de conservas. Alguns desses homens paravam na venda do Alemão para empinar pequenos copos de cachaça, antes de seguir em suas bicicletas para as ruas mais afastadas do bairro, nas proximidades do banhado.

E, pouco depois, ainda concentrados em fazer a digestão, cusco e moleque viam as mesmas pessoas, nos mesmos uniformes sujos, fazerem o caminho inverso, voltando para as fábricas.

De repente, lá pelas tantas, mais uma vez, brotavam meninos das casas daquela rua. Os guris e seus cães. Atendendo a uma ordem misteriosa, ressurgiam todos ao mesmo tempo e apinhavam-se na esquina.

Com o negrinho Curuça à frente, dirigiam-se ao açude. Curuça era meio convencido, balaqueiro mesmo, mas jogava uma barbaridade. Isso ninguém podia negar. Por isso, deixavam que se exibisse, bancando o líder.

Na ponte, sobre o canalete, os meninos enxotavam os cachorros. O homem que era dono da chácara onde ficava o açude já tinha avisado:

— Vocês podem tomar o tanto de banho que quiserem. Podem até morrer afogados se quiserem. Mas só não me tragam os cuscos de vocês. Eu aguento tudo, menos bosta de cachorro no meu pasto.

Os cães não se davam por vencidos facilmente. Não adiantava tentar espantá-los com gritos ou palmas. Só saíam dali na pedrada. Bastava acertar um, bastava o bicho sair ganindo para os outros correrem juntos de volta às casas.

O banho de açude consumia um bom pedaço da tarde ensolarada. Primeiro, disputavam para ver quem nadava mais rápido. Depois, quem ficava mais tempo afundado na água.

Quando a fome batia, corriam para tomar o café da tarde.

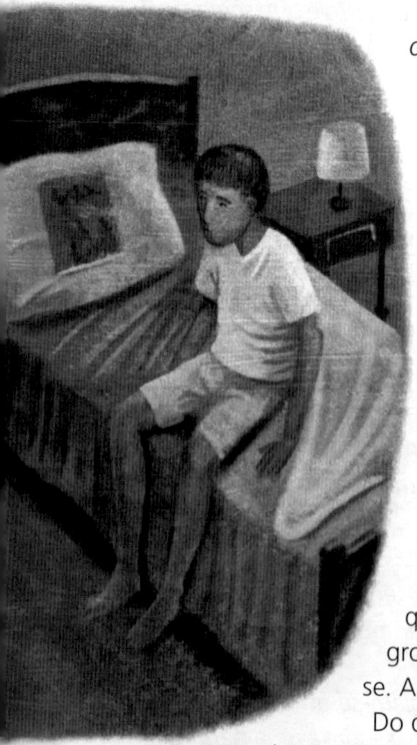

Aí, chegava a hora de voltar ao campo para dar continuidade ao jogo da manhã. E jogavam, jogavam, jogavam como loucos, sem perceber que o sol já descambava e que — exatamente como de manhã — a partida seria cortada pelo berreiro orquestrado das mães:

— Janta na mesa! Tá escurecendo! Teu pai está chegando e tu vais ver uma coisa! Vem pra casa lavar esses cascos, relaxado!

Aos poucos, o guri foi se lembrando da noite anterior.

Um calor danado. Para se refrescar, sentou-se na calçada, mas as ferroadas dos mosquitos o obrigaram a voltar para o quarto. Tentou ler um gibi do Cavaleiro Negro, mas não conseguiu se concentrar. Deitou-se. A cama era uma fornalha.

Do quarto do pai, vinha o som do rádio. O pobre homem movia ainda mais freneticamente o botão à procura da emissora encantada que jamais conseguiria sintonizar em toda a sua vida.

Foi até o quarto dos pais. A mãe tinha uma fotonovela nas mãos, mas não a estava lendo. Abanava-se.

— Mãe, tá brabo de dormir.

— Deita mesmo assim! Tens que recuperar as energias. Me passas o dia jogando bola no campo e nadando no açude. Eu não vejo a hora de acabar essas férias. E, pra piorar, me veio do céu este baita calorão!

A mãe deixou a cama:

— Deita e reza pra São Luís Gonzaga.

O pai voltou-se para eles e perguntou, sonolento, indiferente:

— Aonde vais, mulher?

— Vou cortar os bifes pra amanhã.

O menino acompanhou a mãe até a cozinha.

— O pior, meu filho, é essa umidade. As tijoletas do chão estão escorregando. Imagina se alguém resbala e quebra uma perna! Queres que eu te faça um quissuco?

Sentado num mochinho, ficou observando a mãe espalhar folhas de jornal pelo chão para sugar a umidade. Depois, ela cortou os bifes.

— Agora, anda te deitar, o sono acaba vindo...

Bocejando incessantemente, lacrimejando, o guri se arrastou até o quarto. Deixou-se cair na cama. Os lençóis queimavam.

Usando a ponta dos dedos, contou os dias que faltavam para terminar as férias. Dez. Que pena, as férias passavam correndo!

Concentrou-se nos sons da casa, agora mais abafados. A mãe continuava a andar pela cozinha. O pai a ouvir o rádio. Escutou o relógio da sala, que havia sido de seu avô paterno, bater as doze.

Pouco depois, o céu explodiu. Primeiro, viu a luz branca dos raios, que entrou pelas frinchas da janela e iluminou todos os cantos do quarto. Em seguida, escutou o estouro dos trovões. Por fim, ouviu claramente quando as primeiras gotas de chuva bateram contra as paredes ressequidas da casa, chiando. Então, adormeceu.

No fundo de sua casinha, Bomba tremia de medo e gania. Tinha um medo danado de trovões. Assustava-se já com o brilho cegante dos raios, encolhia-se até ficar uma bolinha de carne. Queria que aquilo acabasse logo para poder desfrutar de mais uma daquelas sobressaltadas sonecas noturnas dos cães.

De repente, a ventania que precede o temporal soltou a tramela do portão, que se abriu, ringindo. Por ele, entrou, ziguezagueando, um cão vadio em busca de um lugar onde se entocar. Bomba esqueceu do medo e correu, furioso, para ele. Era muito menor, mas valente.

Sob a luz dos raios, em meio ao estrondo dos trovões, os dois cachorros se atracaram.

Como que respondendo à indagação do guri, o pai e a mãe surgiram no pátio. O homem trazia uma pá de corte, suja de barro.

Num segundo, o menino compreendeu tudo. Voltou-se para o rosto azulado do seu pai, que não costumava se barbear aos domingos, esperando palavras que não vieram logo.

— Tu já tomou teu café? — perguntou a mãe, sem conseguir controlar o soluço que lhe veio à garganta ao fim da frase.

O homem encostou a pá na cerca e se dirigiu à porta.

O guri continuava a encará-lo, imóvel.

O pai entrou na cozinha e, com um suspiro, sentou-se numa cadeira:

— Vem cá, meu filho!

O garoto encaminhou-se até o pai, que o sentou no colo, acariciou-lhe os cabelos e disse:

— Essa noite, algum cachorro malvado entrou no pátio e...

O menino notou que lágrimas desciam silenciosas pelo rosto barbado.

— Devo ter esquecido o portão aberto — disse o homem, sem atentar ao menino que se aninhava no seu peito. — Ou então o vento abriu a tramela. O certo é que Bomba lutou muito...

O menino fechou os olhos. Gostava daquele cheiro forte, de suor e fumo. Quando fosse grande gostaria de ter aqueles braços musculosos, aquele peito largo. Encolheu-se mais.

— Encontrei o pátio todo revirado — disse o pai. — Bomba era valente, sabes muito bem disso. Ele lutou uma barbaridade, lutou até o fim.

— Ele deve ter sentido medo, né, pai?

A mãe saiu para o pátio, a fim de esconder do filho as lágrimas que lhe banhavam o rosto.

Então, de repente, sem quê nem porquê, com voz rouca, o homem se pôs a resmungar uma esquecida cantiga de ninar.

NA HORA da sesta

Foi no inicinho da tarde, pouco depois da hora do almoço, todo mundo dormindo. Então, se deu o causo, aquela barbaridade. Eu sempre me pergunto: por que os loucos e os guris não sesteiam?

Todo santo dia, mesmo que fosse inverno e que as águas do rio estivessem frias como chapas de aço, ele mergulhava e sua cabeça grisalha só reaparecia bem longe. Depois, com braçadas largas, avançava. Era antes do nascer do sol, escuro ainda. Mesmo nos dias de vento e chuva, quando o rio se encrespava e rugia, ele nadava quase até a outra margem e voltava na mesma braçada segura.

O grito de morte correu por entre as casas, mas também ficou preso no ar, cristalizou-se bem no meio da rua, não sei explicar direito. Por isso, todos os homens pularam da cama, entorpecidos.

Era um sábado, calor dos infernos. O mulato voltava para o casebre dele. Até aquele dia, era manso, manso. Até gostava de missa, o condenado. Colecionava santinhos. Dizem que de noite, à luz de vela, ficava lá no casebre dele mexendo nos santinhos que ganhava do padre da igreja do Porto depois da missa das dez de domingo. O que eu lhe digo é: se naquela tarde traiçoeira ele tivesse passado um minuto antes, ou depois, talvez não tivesse se defrontado com os guris, que estavam ali pela esquina, chutando lata. E, se fosse mais cedo ou mais tarde, podia ser que houvesse algum adulto por ali, para impedir a tragédia. Mas, não, Deus é meio desatento.

Eu me pergunto: quem esqueceu aquela maldita acha de lenha, justo ali, na beirinha da calçada?

Os guris disseram depois que o crioulo se agachou com um movimento muito ligeiro, elástico; e que os olhos dele estavam brilhantes de fúria.

Aí, ele voltava até a margem de cá e saía da água, luzindo, nu em pelo. Depois ia até a cabaninha dele, que é um muquiço de lata, e botava a roupa por cima do corpo molhado. Roupa, quero dizer: uma calça esfarrapada e uma camisa já no fio.

Primeiro, os homens se juntaram na esquina, onde já havia um círculo ao redor do corpo ensanguentado. Muitos nem olharam direito, contentaram-se em ver o filetezinho vermelho que corria por cima do cimento.

Os outros piás estavam um pouco mais afastados, assustados. Aí, um dos homens, um de olhos bem azuis, aproximou-se deles e perguntou:

— Pra onde ele foi?

Pouco antes, os guris estavam ali, naquela mesma esquina, quando o mulato se veio, gingando naquele passo mole, a cabeça cravada no peito, a beiçola caída. Eram só quatro piás. Estavam ali porque não sesteavam. Sabe como é, guri não tem descanso. É como alma penada. Mas tem uns que dormem, as mães exigem, é para crescer com mais saúde. Bem, estavam debaixo do plátano, na sombrinha. Era cedo para entrar no rio ou para jogar bola, estavam papeando.

— A gente só estava esperando a comida baixar — disse um deles, e desatou a chorar.

O mulato atravessava todo aquele campo ali, enveredava por esta rua aqui e seguia, depois, direto para o Mercado. Sempre bem cedo. Sei disso porque chimarreio todo santo dia, madrugadinha, aqui na soleira da porta. Era como um relógio. Ele passava, eu olhava para lá e via, em seguida, o primeiro ônibus que descia para o porto.

— Pra onde foi o louco? — insistiu o homem.

O guri apontou para os grandes armazéns à beira do rio.

Nessa hora já tinha muito mais gente aqui, um ajuntamento. O berro do guri que se finava, como eu já disse, foi longe.

O homem passou a mão pela cabeça do guri que estava soluçando e voltou até onde estavam os outros homens, ao redor do corpo. Nem falou quase, apenas resmungou. Entenderam-se mais pelos olhos. Então, cinco ou seis foram até as casas deles, mas logo saíram de volta para o calor, as camisas empapadas de suor.

A gurizada estava acostumada com o mulato. Todo santo dia ele passava por aqui, sempre naquele seu jeito gingado, olhando para o chão. Era manso como boi velho, mas naquele dia estava alterado. Por dentro, claro. Por fora, era igualzinho o de sempre, um bicho inofensivo. Aí os guris gritaram:

— Tarcísio, mulato louco!

Cedinho, quando o fiscal da Prefeitura, ainda bocejando, enfiava a chave no portão do Mercado, o mulato já estava por lá. Não sei se já lhe disse que era alto, alto uma barbaridade. Ali estava ele, imenso, no meio dos portugueses das bancas, quase todos baixinhos. Uma mancha escura no meio de rostos pálidos, uma sombra gigantesca e desengonçada. Enfiado na portuguesada, ele entrava Mercado adentro, afoito e displicente ao mesmo tempo.

Ao voltarem à rua, os homens estavam armados. Via-se por baixo das camisas molhadas de suor o volume do revólver. Tinham todos os olhos injetados de quem não sesteou bem.

É como eu lhe digo: aquele grito do guri que morreu foi tremendo. Era um grito que não se extinguia, que ainda continuava ecoando na cabeça de todos.

Então aquele homem que tinha passado a mão na cabeça do guri, o homem de olhos azuis, cujo nome me escapa, marchou na frente. Encaminhou-se para o rio. Os outros foram atrás. Não, não iam apressados. Iam devagar. Devagar demais, como se lhes pesasse muito o andar. Como se carregassem um fardo muito pesado. Seguiram pelo meio da rua. As pedras do calçamento estavam fervendo de tanto calor.

Como se deu a coisa? Bem, primeiro, os guris gritaram. O mulato seguiu em frente, deu ainda mais dois ou três passos. Quando o coro dos piás se repetiu, ele parou e levantou a cabeçorra. Tinha uns olhos tristes de vaca, mas, naquele dia, não, ele estava diferente. Os olhos dele brilhavam alucinados. A gurizada tornou a gritar. Foi o erro deles. O mulato olhou em volta. Viu a acha de lenha caída junto ao meio-fio.

— Foi muito rápido — contou um dos guris, depois. — Ele se agachou, como se fosse mola. A gente parou de gritar. Quando se levantou, ele já tinha a lenha na mão. Aí, só girou o corpo. A gente saiu correndo.

Aí, ele começava a percorrer os corredores do Mercado. Ia de um lado a outro, como se estivesse apressado, arreganhando suas narinas, para sentir melhor o cheiro bom que vinha do interior das mercearias. Só parava, e por pouco tempo, diante dos viveiros e gaiolas de passarinhos. Então, um português o chamava. Não importava quem, trabalhava para todos, mesmo para os mais pão-duros. O português apontava uma carroça qualquer e ele ia lá e agarrava as caixas de frutas. Carregava três de cada vez. Depois, outro português lhe gritava o nome e ele ia até outra carroça.

Os homens chegaram ao fim da rua e enveredaram pelo campinho. Foram direto ao barraco onde o crioulo morava. Quero dizer, não era nem um casebre, era mais, como já lhe disse, uma casa de cachorro grande. Tinha metro e meio, se tanto, de altura. O homem que tinha afagado a cabeça do guri sacou o revólver e agachou-se, cauteloso, diante da abertura. Não havia nada lá, nem mesmo uma tábua que servisse de cama. Engatinhando, enfiou-se lá para dentro. Voltou pouco depois trazendo uma caixa de charutos. Em silêncio, os outros homens o cercaram. Ele abriu a tampa e todos puderam ver as dezenas de santinhos.

— O pobre crioulo maluco — resmungou um deles.

Depois, quando não havia mais carroças para descarregar, um dos portugueses lhe dava uma vassoura e ele começava a varrer os corredores. Então, já havia bastante gente por ali, na maioria velhas com a cabeça coberta por mantilhas negras, mal saídas da missa na Beneficência Portuguesa. Finda a varrição, o crioulo ia à lancheria para receber sua paga: um litro de leite e um pão sovado de meio quilo recheado com mortadela.

Do casebre, pegaram a trilha que leva ao rio, a trilha que fora aberta pelos pés grandes do próprio mulato. Só pararam junto à margem, amontoados sob a sombra do salso chorão. Viram logo o pequeno ponto bem no meio do canal de navegação: a cabeça dele. Então o homem que havia passado a mão na cabeça do guri chorão disse que dois deles deveriam ir até o clube de regatas para trazer uns caícos. Enquanto os indicados voltavam a cruzar a trilha, os outros ficaram de olhos fixos naquele ponto escuro que sumia aqui e reaparecia lá mais adiante.

— Mais dia, menos dia, a gente ia ter que fazer isso mesmo — disse um deles. — Não existe louco manso.

Tarcísio nasceu no distrito de Açoita-Cavalos. Seus avós maternos tinham sido escravos do Visconde de Canguçu; seus pais trabalhavam na estância do filho mais velho do visconde, o coronel Noca Santiago.

Foi o quinto e último filho. Seus outros quatro irmãos eram negros como a noite mais fechada. Quando viu o recém-nascido, mulato claro, o homem que deveria ter sido seu pai, desonrado, foi-se para não mais voltar. Sumiu num final de tarde, sem fazer uma só pergunta à mulher, sem um xingamento

A mãe de Tarcísio fora violentada por Gonçalo, filho do coronel Noca. Rezara muito para Santa Bárbara, para ver se a gravidez não vingava, mas a santa não lhe ouviu as preces.

Desesperada por ter sido abandonada pelo marido, descontou a desgraça no filho.

Negou-lhe o peito, mas, mesmo assim, ele cresceu forte como um novilho. Negou-lhe cafunés, mas, mesmo assim, o guri era amoroso. Então, começou a bater-lhe com o rebenque. Por onde pegasse, na cabeça de preferência. Na cabeça de cabelos cacheados, cacheados como os cabelos do estuprador.

Pouco depois chegaram, remando, vermelhos e suarentos, os homens nos caícos. Em silêncio os demais embarcaram. O homem que havia afagado a cabeça do guri ia na proa do primeiro barco, com os olhos azuis fixos no ponto negro que se destacava contra o brilho dourado das águas.

— Ele está girando em círculo — disse alguém. — Vai ser fácil apanhá-lo.

Quando chegou o tempo das primeiras palavras, o mulatinho não as pronunciou. Não falaria uma só em toda a sua vida.

Pequeno ainda, perdeu os olhos doces e ganhou o jeito esquivo dos gatos. Depois de muito escorraçado pelos irmãos, não mais tentou brincar com eles. Mirava de soslaio a mãe, à espera de um aceno amoroso que nunca veio. Refugiava-se no mais escuro do mato e ali passava os dias.

Tempos depois, mais taludo, passou a perambular pelos campos largos. Voltava à tardinha, depois da janta dos irmãos, para comer os restos. Cada vez ia mais longe nessas suas peregrinações. Num certo dia, descobriu duas coisas maravilhosas: a lagoa, que era um mundo de água que não acabava nunca, e o negro velho, que não tinha uma das pernas.

O barco deslizava suavemente ainda, embora os remos estivessem parados há um bom tempo. Ligeiramente inclinados para a frente, respiração contida, os homens observavam o rio.

— Onde se meteu o bicho? — quis saber um deles.

Então, o mulato reapareceu, longe. Voltaram a remar.

— Temos muito tempo ainda antes de escurecer — disse o homem dos olhos azuis, mirando o céu vermelho.

Ficou morando por ali, num canto da cabana do negro velho. Não apanhava mais de rebenque na cabeça, e isso era bom. No verão, passava os dias dentro da lagoa. Da margem, mal equilibrado na muleta, o velho fazia gestos que ele tentava imitar. Assim, aprendeu a nadar. Depois, o perneta o ensinou a pescar de caniço e a matar marrecões a pedrada.

O homem apertou os olhos azuis para ver melhor. Agora, o crioulo estava boiando. Era um risco irregular na superfície lisa das águas.

— Com esse tempo todo dentro d'água, ele deve estar cansado — murmurou. — Vamos em cima dele.

Nesse momento, um dos remadores o puxou pelo braço e apontou para o canal de navegação. Um lanchão vinha deslizando por ali, debaixo de um cogumelo de fumaça preta. Logo ficaria entre eles e o homem que estavam caçando.

Acordava bem cedo e ia pescar. Quando voltava com a fieira de peixes, o fogo já estava aceso e o negro velho mateava. Enquanto os peixes estalavam nas chamas, o homem contava histórias que o garoto alto e forte não compreendia. Falava das barbaridades que vira nas revoluções: degolas e capações, duelos de espada, cargas de lança, explosões que mutilavam. Depois da refeição, Tarcísio voltava às águas.

Após a passagem do barco, quando a paisagem se refez — o espelho de água, as margens barrentas, a vegetação enfezada —, restou apenas o rastro borbulhante, que se abria em pequenas ondas divergentes. O mulato não podia mais ser visto.

Os caícos estavam agora totalmente imobilizados sobre as águas mansas, suspensos no calor da tarde.

— Lá está ele — disse um homem, depois de longos minutos silenciosos. — Não é sonso como a gente pensa, aproveitou a passagem da chata pra mergulhar até o rebocador encalhado. Por isso a gente não viu quando ele chegou à margem.

Vencidos os juncos da margem, o mulato agora corria pelo descampado em direção à cabana.

— Se eu tivesse um fuzil... — disse alguém.

Com grandes passadas, o homenzarrão moreno cortava o campo. Ofegante, agachou-se diante de abertura da cabana. Depois, invisível para os homens que estavam no barco, entrou na casinhola e apanhou a caixa de charutos. Com trêmulos dedos molhados, manipulou as estampas de santos.

— Força nos remos! — disse o homem dos olhos azuis.

Quando reapareceu, o mulato corria de novo. Dirigia-se para o rio, mas agora fazia um caminho diverso, cortava pelo meio do capinzal crescido.

— Já nos viu — disse alguém. — Está desviando.

— Não adianta — disse o homem dos olhos azuis. — Ele sabe que não nos escapa.

Horas mais tarde ele reaparecia com um marrecão, uma préa ou uma perdiz. Ou frutas do mato. O negro velho tinha um roçado de mandioca. Almoçavam.

Entenderam o que o mulato ia fazer. Ele estava correndo para a barranca de onde os guris gostavam de mergulhar. Sem se falar, os remadores mudaram o curso dos caícos.

Embalado pela corrida, o mulato subiu a barranca e voou: o imenso corpanzil estirado, as mãos unidas na frente. Então, alguém fez fogo. Foi um gordo, que trabalhava de balconista na farmácia.

A explosão desfez a beleza do movimento do homem que voava. Ele contraiu-se e caiu de lado, levantando uma nuvem de água.

— Acertei no costado dele — comemorou o gordo, erguendo o revólver.

Num dia de inverno, ao voltar da lagoa, o mulato não encontrou o fogo aceso. O negro velho dormia ainda. Agachou-se junto à porta e esperou. Esperou por todo o dia, mas o perneta não deixou o catre em momento algum.

No amanhecer seguinte, tangido pela fome, saiu caminhando. Precisava encontrar alguém que tivesse um fogo para assar os peixes que pescara no dia anterior.

Mais uma vez ficaram em silêncio nos botes imóveis. Ele não podia ir muito longe. Por mais que mergulhasse, e o mulato mergulhava uma barbaridade, não podia ir muito longe agora que estava ferido.

— Talvez esteja morto — disse alguém.

Então, como que para desmenti-lo, o caíco virou. Duas grandes mãos escuras seguraram na borda e a puxaram para baixo. Foi tudo muito rápido e inesperado. O pequeno barco oscilou bruscamente e os homens não tiveram tempo de se segurar.

A calmaria da tarde foi cortada pelos gritos dos que caíam na água e pela excitação dos que estavam no outro bote. Estes, agarrados à borda, tiveram tempo de sacar seus revólveres, mas não acharam o alvo.

Dois dos que tinham sido jogados na água nadaram até a margem, mas um terceiro teve de ser recolhido porque não sabia nadar.

— Foi tudo muito de repente — disse o homem molhado, esbaforido. — Eu só vi aquelas mãos na borda, bem pertinho de mim, e a puxada forte. Não deu nem tempo de me segurar. Mulato malandro! E eu, trouxa, achei que ele já estava morto no lodo do fundo do rio.

No final daquele dia, o mulato encontrou outras cabanas de barro, como a do negro velho. Eram cinco ou seis, na beira de um rio. Sentiu vontade de nadar, mas tinha fome, muita fome. Precisava de alguém que lhe cozinhasse os peixes. Entregou-os a uma velha magricela de carapinha branca.

Por uns momentos ela resmungou, mas logo percebeu que havia alguma coisa de errado com aquele rapagão que tinha os olhos mansos de uma criança. Devia de ser atrasadinho das ideias. Jogou fora os peixes, mas botou um feijão para cozinhar.

O mulato ficou parado diante do rio. Não entendia por que a água não se perdia de vista, como na frente da cabana do negro velho. Dali podia ver a margem do outro lado. Mesmo assim, entrou na água e se pôs a nadar.

— Só pode ser doidinho mesmo — resmungou a negra velha. — Como é que me entra numa água fria desse jeito?

O mulato reapareceu no meio do rio. E começou a nadar, vigorosamente, pela primeira vez em linha reta.

— O que é que ele vai aprontar agora? — perguntou alguém.

O homem de olhos azuis suspirou fundo. Havia alguma coisa de muito dolorosa naquelas largas braçadas, pensou. Por que ele não se entrega de uma vez?

— Eu estou com a palma da mão em carne viva — disse um dos remadores.

O mulato estava terminando de comer o feijão quando chegaram os homens da Guarda Municipal. Queriam ver seus documentos, queriam saber de onde vinha. Como não respondesse, levaram-no preso, algemado. No quartel, só quando ele já estava muito ensanguentado, o sargento desistiu de interrogá-lo:

— Pra apanhar desse jeito, que nem boi ladrão, sem dizer uma palavra, só pode ser mudo ou louco. Ou as duas coisas juntas.

Na altura da ponte, o mulato parou de nadar. Ficou boiando por uns minutos. Parecia disposto a esperar pelo bote, mas, quando os homens chegaram a uns cem metros de distância, submergiu.

— Desgraçado!

Os remadores levantaram os remos e o barco seguiu escorregando pela chapa lisa das águas, perdendo velocidade.

— O que o maluco está preparando agora?

— Talvez queira virar o nosso barco também.

Quando foi solto, no dia seguinte, bem cedo, o mulato ficou andando pelo centro da cidade, aparvalhado com todas aquelas construções enormes.

Perseguido pelos moleques de rua, que o xingavam e apedrejavam, refugiou-se no Mercado. Ali, um português apiedou-se dele e mandou que descarregasse uma carroça cheia de engradados de cerveja.

Então, o fugitivo tornou a reaparecer, já fora da água, na margem direita, bem debaixo da ponte. Rengueando, meio vergado, correu para um capão de mato.

— Agora, não vai muito longe — disse alguém. E os remos voltaram a bater na água, com fúria. — Ali no mato a gente faz o serviço nele.

Por uns poucos minutos avançaram calados, mas aí o mulato reapareceu, além das árvores, escalando o barranco que leva à rodovia. A íngreme escalada era penosa. Tinha muita pedra solta na encosta.

— Será que ele pretende fugir pela estrada?

O mulato chegou à ponte. Tinha o torso projetado para a frente, as mãos pendentes ao lado do corpo.

— Deve ter perdido muito sangue.

Subiu para o parapeito da ponte e, vagarosamente, pôs-se a caminhar por cima dele, com os braços abertos, como um equilibrista de circo.

Naquele dia mesmo, o português lhe arranjou um nome:

— Na minha terra, lá em Cinfães, tinha um gajo grandalhão como tu, e igualmente comilão e tolo. Chamava-se Tarcísio aquele estupor. Por isso, vou chamar-te Tarcísio.

A proa do caíco voltou a ser apontada para o meio do rio e os homens tornaram a remar, com movimentos leves. Acompanhavam a lenta caminhada do mulato pela amurada da ponte.

— O que é que esse louco vai fazer, meu Deus?

Sua segunda noite na cidade ele passou na cabana da negra velha. De manhã cedo, nadou no rio. Mais tarde, quando sentiu fome, dirigiu-se ao Mercado.

Na metade da ponte, exatamente no meio do rio, o crioulo se deteve. Virou-se de frente para o lado do porto. Levou a mão à cintura, provalmente ao local onde havia sido baleado, e ficou esperando que o bote deslizasse até perto de onde estava. Então, num movimento vagaroso, que lembrava o de um grande pássaro prestes a alçar voo, ele juntou as mãos por cima da cabeça.

A negra velha morreu pouco depois.

Um dia os homens da Prefeitura vieram e derrubaram todos os barracos. Mas ele, só ele, continuou por ali. Não adiantava destruir-lhe o abrigo, aquela casa de cachorro, porque ele sempre voltava a reconstruí-la. Então o deixaram de mão.

Depois abaixou-se um pouco, encolheu-se como uma pantera negra pronta para atacar.

O homem dos olhos azuis tentou, inutilmente, secar na camisa a mão empapada de suor que segurava o cabo do revólver.

Então, o mulato projetou no ar o imenso corpo escuro. Descreveu uma curva elegante, que o fez enquadrar-se contra o vermelho do Sol que morria além da cidade. O corpo fendeu a água quase sem levantar respingos bem perto do barco.

Os homens empunhavam os revólveres. A espera se alongava. Ele deve ter ido ao fundo, pensou o homem dos olhos azuis. Não sei por quê, mas acho que ele tem de tocar pela última vez o lodo do fundo do rio, pensou o homem de olhos azuis, cujo filho tinha morrido no início daquela tarde.

Então, a cabeça já grisalha e a cara morena afloraram a água. A distância entre o mulato e o homem de olhos azuis era de dois metros. O homem fez mira na testa sem rugas.

O tiro ficou ecoando entre as pilastras da ponte.

Quando a água voltou a se imobilizar, o gordo que trabalhava na farmácia estendeu o remo e pegou o papelzinho que estava flutuando ali.

— É uma imagem de São Benedito — disse.

Menino tranquilo nos braços do pai

Lá vem ele, anônimo como todos os homens que cruzam esta rua, esta coisa que já foi rua. Anônimo como os que sobem e os que descem tantas vezes por dia esta rua. Tantas que são anônimos. Não tem nome porque seu rosto é igual ao de tantos outros: duro, moreno, fechado por dentro, trancado.

Tem menos de trinta anos, mas isso não importa porque, tenham trinta ou cinquenta anos, os homens desta rua são e serão sempre assim, magros, nervosos, tensos, assustados. São tisnados todos porque o Sol sempre os surpreende no meio do dia quando vêm ou quando vão nas suas desconjuntadas bicicletas. Tem menos de trinta anos, mas isso não interessa. O certo é que tem grandes mãos, calosas e honestas mãos, que seguram firme o guidom da bicicleta. Muito firme, hoje bem mais firme que ontem e nos outros dias todos. Muito firme, não. Desesperadamente firme, isso sim. Mas disso ninguém sabe neste trecho da rua.

Lá vem ele, anônimo, descendo do centro da cidade na sua decrépita bicicleta. Não há nada de digno na sua postura, embora esteja sofrendo. Não tem o jeito descansado dos outros ciclistas, o jeito preguiçoso que ele mesmo tem nos outros dias. Vem apressado. Vem atento por causa dos buracos. Ah, os buracos! Um dentro do outro, um ao lado do outro, um emendando no outro. Uma grande face escaveirada é o que é esta rua. Esta coisa que já foi rua um dia, no tempo em que funcionava o porto, é hoje um buraco só. Por isso lá vem ele aos trambolhões. Não pode se concentrar na sua dor o pobre homem. Tem de estar atento aos buracos porque, se facilita, esparrama-se pelo chão. E isso, um tombo, ele não poderia suportar.

Lá vem ele, anônimo e desesperado. Mas ninguém sabe disso. Há meninos jogando bola. Sim, jogam no meio da rua porque carros e ônibus não passam mais por ali. Há meninas também, sossegadas, acarinhando suas desconjuntadas bonecas de pano. Há mulheres extáticas olhando, por cima das cercas, o pequeno mundo da rua esburacada. Ninguém o vê. Não olham para ele porque ele faz parte da paisagem. Como os outros homens morenos, ele passa tantas e tantas vezes por dia que se tornou invisível. É como se ele fosse um buraco. Por isso não podem mesmo saber da dor que o estraçalha.

O homem não olha os meninos mas sente a quente vibração de seus gritos na manhã: algazarra de passarinhos junto ao rio depois da chuva.

Isto aqui já foi rua movimentada. E não faz tanto tempo assim. Levava até o porto velho. Mas abriram uma avenida nova, num lugar mais alto e mais seco. E não foi só isso: construíram também um outro porto, maior e mais profundo. Daí ficou só o risco negro do asfalto que as chuvas de inverno comeram em pouco tempo. Quando esta rua deixou de ser movimentada, surgiram os homens curvados, pais dos meninos que jogam bola e das meninas que ninam bonecas de pano, maridos das mulheres dos olhos bovinos. Foi aí que vieram os homens que construíram estas coisas que, orgulhosa mas impropriamente, chamam casas.

Contei que fizeram uma nova estrada para um outro porto, mas creio que isso não tem mais importância porque também ele está fechado agora, com todos aqueles guindastes enferrujando contra o nublado do céu, guindastes que lembram braços erguidos pedindo clemência. Quero dizer, poucas coisas interessam além do sofrimento dos homens. Deste homem.

Os primeiros homens a chegar instalaram-se deste lado aqui, que é menos pestilento do que o outro, o que costeia o rio. Quero dizer, é tudo um banhado só, mas ali é ainda pior. E foram se instalando daqui para lá, seguindo a estrada, na direção do antigo atracadouro.

O homem da bicicleta chegou entre os últimos dos últimos. De certeza posso afirmar isso porque ele mora lá longe, no final da curva, onde a cidade se acaba, na estradinha de terra batida que leva ao matadouro. O matadouro fechou faz uns dez anos, mas isso também não é importante.

O certo é que ele vem arrastando sua miséria pela buraqueira. Pobre! Um homem precisa de uma rua decente onde possa andar de bicicleta sem parecer um domador de baguais. Especialmente quando carrega a dor e, mais terrível ainda, a morte no coração.

Passa por aqui todo dia, bem cedo ou no fim da tarde, mas hoje ninguém percebe que ele está fora dos seus horários. São tantos e tão iguais os homens desta rua que ninguém mais presta atenção neles, mesmo quando trazem os olhos assim luminosos, brilhantes de umidade.

Ele já sabia que teria de cruzar esta rua numa hora insólita porque o médico dissera: É coisa para poucos dias.

Era um velho médico, vagaroso de gestos, desencantado doutor de gente pobre, recitador de frases de consolo: Não se preocupe, ele vai se finar como um anjo; tanta gente ruim neste mundo; o Deus de infinita piedade sabe o que faz.

Esgotadas as frases, o médico macilento pôs a mão fria nas costas da mão áspera do homem e assim ficaram por um tempo no silêncio cheio de odores enjoativos do posto de saúde.

O homem da bicicleta teve vontade de falar, de dizer qualquer coisa, agradecer ou maldizer, mas não disse nada porque ele próprio não sabia se era um homem, ou uma coisa seca, uma coisa que vai trabalhar e volta todo santo dia, dia após dia, até o final de tudo.

Ainda há pouco, quando preparava a argamassa — metodicamente misturando areia e cimento, sempre atento à poça de água no meio, vendo surgir a cor bonita do cimento, o cinza forte, forte como o próprio cimento —, a moça do escritório aproximou-se dele e disse, de soco:

— Telefonaram. O teu anjinho se foi.

Largou a enxada no meio do movimento e pegou a bicicleta e pela primeira vez em tantos anos não se preocupou em perder um traçado de massa. Não calculou quanto de cimento e quanto de areia seria perdido pela sua escapada, nem pensou nos minutos que aquela coisa levaria para se tornar dura e áspera como uma pedra, estranha pedra feita pelo homem.

Por isso, hoje, não se deterá no bar para a canha amarga de todos os dias, nem para apanhar o pacote de fumo e o papel de enrolar. Vai direto para sua casa que fica lá embaixo, na trilha que leva ao matadouro, uma casa azul que a partir de hoje não mais será azul, será de qualquer cor depois que se for o azul. Nem mais casa será, será apenas uma coisa abandonada à sua condição de qualquer coisa, tendo no pátio aquele pé de salso, já grandote, quase dando sombra, e mais a fileira das hortênsias fazendo às vezes de cerca. Pois que as tormentas de julho arranquem o salso, que venham as ervas ruins para sufocar as hortênsias, que venham os gambás fazer tocas no telhado, que venham as varejeiras do verão e os mosquitos da noite, que os marimbondos se aninhem no alpendre, que os ratos tomem conta de tudo! Tanto faz!

Que lhe importa, além da dor que traz no peito?

Depois que deixa a rua esburacada, já não tem mais medo de levar um tombo e de ser ridicularizado, porque a trilha de terra batida foi aberta pelas rodas das bicicletas e pelos tamancos de todos aquele homens tisnados que por anos passaram por ali quando se dirigiam aos galpões sombrios do matadouro.

Pelo canto dos olhos, o homem percebe que há mulheres diante de todos os casebres. Compungidas, estão ali para vê-lo passar na sua desconjuntada bicicleta, mergulhado na sua dor. Para aquelas silenciosas mulheres, que o miram por cima das cercas de paus podres, ele não é anônimo.

Há mulheres demais neste mundo, pensa o homem.

Há mulheres demais e elas estão sempre fazendo o sinal da cruz, choramingonas, esbugalhando olhos trágicos, rezando orações desencontradas.

Diante de uma casinha de madeira, cujas paredes ainda são azuis, salta da bicicleta. Cruza o portão, encosta a bicicleta no pé de salso chorão. Há mulheres pelo pátio todo. O homem passa por elas sem encará-las e entra pela porta dos fundos. Há milhares de mulheres naquela cozinha, as mais velhas e as mais jovens parecendo ter todas a mesma idade e a mesma quantidade de rugas por baixo das mantilhas negras. Lamentam-se todas elas, porque são mulheres e mães. Sussurram, arrulham como pombas, murmuram em uníssono, sincrônicas, consolam-se mutuamente, dizendo que é assim mesmo, a vida é isso: dor, dor de parir, dor de ver partir, sempre dor, nada mais que dor.

Na sala, o menino está na sala, ele, sua mãe e sua avó. Apenas os três estão ali.

Sem dar pela presença do marido, a mãe continua a adorar o menino, como se aquilo ali onde ele está deitado não fosse um velho e roto sofá de molas frouxas, mas uma manjedoura, e como se o próprio guri, que veste o uniforme branco dos escolares, fosse um recém-nascido. Do fundo dela, do bem fundo, sai aquela coisa que parece um cântico religioso, mas que na verdade é apenas uma antiga cantiga de ninar, tão triste e desanimada como o bater do rio contra os juncos nos remansos.

Ajoelhada num canto, a avó reza.

Só então o homem descobre o quanto sua mãe é velha, magra e feia. Velha, embora não tenha cinquenta anos, e pequena e frágil como uma trouxa de gravetos secos, e feia porque foi sugada por dentro de tal modo que só restaram a máscara gretada pelas rugas, os lábios murchos que não param de engendrar rezas inúteis e as mãos ossudas postas em oração.

Ali está o guri, mais lindo que todos os outros: o cabelo negro como a noite, os ombros fortes apertados pelo aventalzinho branco, os grandes olhos tristes escondidos pelas pálpebras abaixadas. O mais lindo menino do mundo. Seu filho, enfim, repousa em paz.

O homem que chegou na desconjuntada bicicleta corre os olhos pela parede nua, não inteiramente nua, até detê-los diante do crucifixo. Ah, se soubesse blasfemar! O pequeno crucifixo está ali há anos sem outro objetivo que enferrujar sob o bafo do rio. As mulheres e o crucificado se entendem, pensa o homem. Mas o que pode fazer ele, que não sabe falar ou rezar, ele que é apenas um homem anônimo, que vai e vem pela estrada esburacada?

Ergue o braço para o crucifixo.

— Deixa Ele no lugar, filho.

A voz da velha é forte, surpreendentemente forte, e faz o homem lembrar de quando era menino, de um tempo bom, muito longe, um tempo de banhos de açude e caçadas de passarinho.

— Por que Ele fez isso comigo?

— Não reclama — diz a velha. — Ele sempre nos dá o direito de chorar.

Contrariado, o homem recolhe o braço. Precisa fazer qualquer coisa. Está sufocando dentro daquela casa, as mulheres rezadeiras estão sugando todo o ar. Olha a porta da frente, que está fechada há anos, desde que perderam a chave. Para entrar e sair usam só a porta dos fundos. Mas ele não quer atravessar a casa, não pode mais uma vez enfrentar aquela manada de mulheres lamurientas. Quer sair da saleta apertada, abafada, que fede a velas.

Lança-se de ombro contra a porta, que cede, em parte. Com um pontapé, arremata a tarefa. Sai para o sol da manhã luminosa. Caminha até o portão. Respira fundo. Volta-se e contempla a casa, que ainda é azul, mas que deixará de ser porque ele jamais voltará a pintá-la;

olha o salso que mal se move tocado pela brisa pegajosa do rio, decide que vai cortá-lo, arrancará suas raízes. Para que serve uma árvore senão para receber um balanço? Que venham todos os elementos furiosos! As ventanias de agosto, o gelo das madrugadas, os incêndios de janeiro? Que venham, que destruam tudo! Que lhe importa que a maldita rua seja apenas um buraco, um gigantesco buraco? Que importância tem aquela figura retorcida no crucifixo? Quem se interessa em escutar o riso cristalino dos garotos na beirada do rio, seus gritos roucos no lamacento campo de futebol?

Lento, surdo e cego, o homem caminhou até o bolicho da esquina e ali se quedou a beber, enquanto o grande Sol amarelo cruzava as cidades e os campos.

Permaneceu calado e indiferente a tudo até a passagem da carroça da prefeitura com o caixãozinho de madeira. Então tomou de um só gole o que restava no copo e avançou com passos firmes porque, pela primeira vez naquele dia, sabia de uma coisa que era realmente importante.

Quando reentrou na sala, os defunteiros, cercados pela choradeira crescente das mulheres, já fechavam o caixão.

Sem dizer uma só palavra, insensível aos protestos de sua mulher e de sua mãe, o homem moreno pegou a urna branca com o corpo do filho. Caprichou nos gestos, serenos e elegantes. E saiu para o pátio.

Acompanhado apenas pela esposa e pela mãe, que se lamentavam, que lhe imploravam que não agisse como um louco, enveredou pela trilha que leva ao matadouro desativado, a trilha batida pelos pés dos homens, porque nela podia andar com dignidade, sem tropeçar, sem cair. Foi de cabeça erguida.

Chegou ao cemitério quando a tarde se findava, mas chegou, de qualquer jeito chegou, porque tanto a vereda suave quanto a estrada esburacada levam até lá. Na verdade, toda a cidade desemboca lá.

O menino foi tranquilo nos braços do pai, e isso é o que interessa.

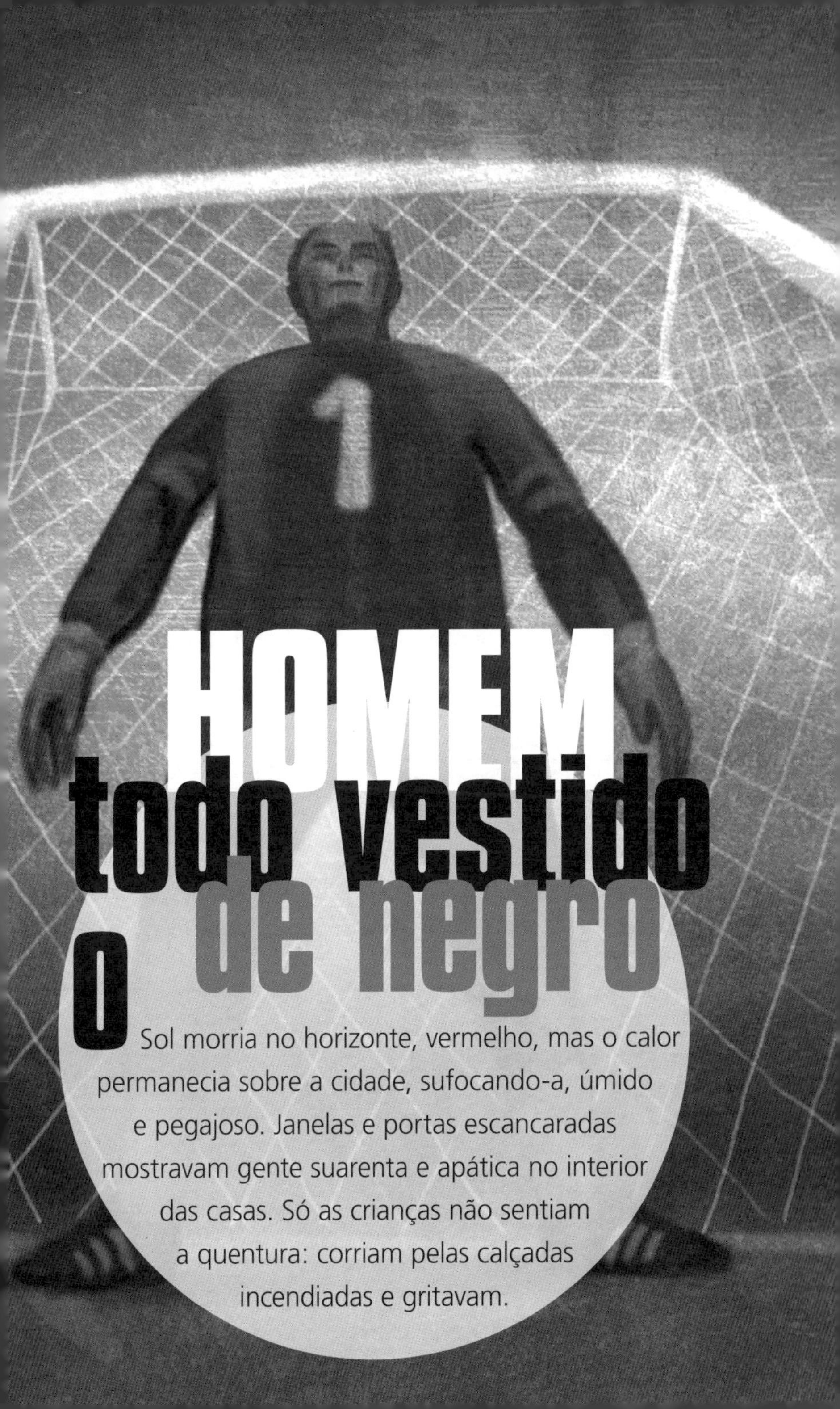

O HOMEM todo vestido de negro

O Sol morria no horizonte, vermelho, mas o calor permanecia sobre a cidade, sufocando-a, úmido e pegajoso. Janelas e portas escancaradas mostravam gente suarenta e apática no interior das casas. Só as crianças não sentiam a quentura: corriam pelas calçadas incendiadas e gritavam.

Vínhamos num carro velho, tão lento e preguiçoso quanto os homens que se arrastavam de volta à casa depois de um dia de trabalho. Éramos rapazes e mirávamos sem interesse a inquieta garotada de bochechas vermelhas e os sonolentos velhos de pijama nas cadeiras de balanço. Mas no lusco-fusco havia também mulheres debruçadas nas janelas, com os seios à mostra. Parecem prostitutas domésticas, pensei.

Esmagados pelo calor que entrava em jatos de vapor pelas janelas abertas do automóvel, vínhamos taciturnos, calados. Desembarcamos diante do ginásio de esportes. A rua era uma fornalha.

Entramos. Lá dentro, por uns minutos nos detivemos junto à tela de proteção da quadra observando os caras que jogavam. Camisetas molhadas de suor, cabelos empapados, rostos avermelhados, usavam mais de astúcia que de vigor. O calorão.

Fomos para o vestiário. Não senti alívio nenhum quando me livrei das roupas; o calor apalpou-me as pernas e o peito enquanto eu vestia o calção e a camiseta negra.

— Eu é que não queria estar na tua pele, com este calor danado — disse-me o Boca. — Vestir uma camiseta grossa!

— Todo mundo vai suar muito mesmo — retruquei. — Tanto faz.

— Mas, em compensação, o goleiro fica parado no gol — palpitou o Magro.

— Parado não quer dizer descansando — respondi. — No gol, o ruim é o suor da testa entrando ardido no olho da gente.

— Vocês conhecem o time deles? — perguntou o Turco.

— Ouvi falar que jogam mais ou menos — respondeu o Boca. — Mas parece que sentam o sarrafo.

— Babaca!— intrometeu-se o Magro, encarando o Boca. — Quem te mandou acertar o jogo com o time de um matadouro?

— Matadouro? Como é que eu ia saber que eram de um matadouro? Só sei que é uma alemoada. Devem ser duros de cintura! Vai ser barbada.

— Pra teu controle, é um matadouro de porcos. Clandestino ainda por cima.

As palavras ecoavam quentes na tijoleta branca do vestiário. Preguiçosamente vestíamos o uniforme; ninguém estava disposto a fazer os exercícios de aquecimento.

— O pior pra nós é o goleiro deles...

— O goleiro deles? — me interessei. — Quem é?

— É um alemão meio velhusco — respondeu o Magro. — Um tal de Catofe.

— Catofe?

— É isso aí. Conheces o cara?

— Não vai dar pra nós — eu disse. — É melhor a gente voltar pra casa. Não temos a mínima chance de ganhar.

Todos me olharam, interrogativos.

Mas eu não disse mais nada. Não expliquei a eles que conhecia aquele cara havia mais de dez anos.

Eu era guri pequeno, ainda usava calças curtas, quando meu pai me levava para assistir às partidas do campeonato municipal de futebol de salão nas noites de sábado. Eu já era fascinado pelos goleiros. E ele, Catofe, era o mais elegante de todos os goleiros da cidade. Todo vestido de negro, magro e alto, uma risca perfeita cortando o cabelo claro ao meio. Catofe, o solitário homem de negro sob a trave, vigiando com seus olhos azuis semicerrados o movimento dos jogadores, era invencível.

Sim, naquela noite infernal, jogamos contra os caras do matadouro. Foi uma partida comum, como essas tantas outras que nas noites de calor ou de frio entretêm os jovens das pequenas cidades.

Estou falando de futebol de salão e não desse negócio modorrento e sem graça que é o futebol de campo, esse jogo em que vinte marmanjos se arrastam por um gramado. Não, estou falando do futebol que é disputado numa quadra de cimento liso por caras que correm feito loucos. Que trombam e caem. Caem a todo momento porque o campo é pequeno e a velocidade deles é tremenda. Mas que levantam no mesmo instante porque os segundos são preciosos. O desgaste físico é tanto que os tempos são de apenas vinte minutos. E aquela bola, que parece coisa de menino, tão pequena, é terrível porque machuca bastante. Um dia me contaram o caso de um rapaz que morreu com um rim dilacerado quando levou uma bolada. O pobre estava formando uma barreira.

Ganha o time que erra menos. O sujeito não pode chegar um milésimo de segundo atrasado. Todo erro é fatal. É jogo que exige paciência, malícia. É jogo de estratégia, de espera. Para ganhar, é preciso acertar nas vezes em que os adversários erram. É como na vida, o sujeito só sobe quando o outro falseia a passada. É jogo bruto.

As grandes jogadas são imperceptíveis. Dribles de centímetros, que só os muito habilidosos conseguem dar: o giro fulminante, o corta-luz. E os chutes? Ninguém chuta de lado de pé, bola colocada. É sempre de bico, chute seco. A bola zune, assobia no ar parado dos ginásios cobertos. A magia do futebol de salão está na vertigem do raciocínio dos jogadores.

O nosso time era muito superior. Jogávamos juntos desde o nosso tempo de ginasianos. Estávamos entrosados de um jeito tal que nem precisávamos erguer o rosto para saber onde andava o companheiro — bastava jogar a bola no espaço vazio que ele chegava a tempo. Acima de tudo, éramos amigos, camaradas, parceiros de bailes e de namoricos, colegas de universidade, rapazolas unidos pelos mesmos sonhos. Se por acaso um perdia a bola, todos voltavam, juntos, para ajudar na defesa, para preparar um novo ataque.

Jogamos bem naquela noite sufocante, muito bem.

Mas não vencemos.

O que eu quero dizer é que não pudemos explodir no grito de gol e bater nas palmas das mãos dos outros, dar socos no ar ou recolocar a bola no meio da quadra.

Isso tudo por causa daquele goleiro, o goleiro do time do matadouro de porcos, o alemão velho, o que chamavam Catofe.

Porque ele parecia ter uma dezena de mãos como a deusa hindu e seu corpo seco era movido por uma eletricidade de animal. Quando chutavam cruzado, ele se abria no ar, pernas e braços, um xis perfeito, e assim guarnecia o gol inteiro, porque sempre havia uma perna ou um braço para mudar a trajetória da bola, viesse ela de onde viesse. E quando chutavam bolas baixas, rasteiras, ele, que era um sujeito alto para goleiro de futebol de salão, vinha pegá-la com a mão, porque os pés são traiçoeiros, não nos obedecem. As mãos, sim. Elas fazem o que a gente quer.

Era espantoso como aquele sujeito de cabelos cinzentos apanhava, em mergulhos sinuosos, a bola com a mão. E logo se erguia e lançava a bola com força, quase invisível, certeira, até o pé do atacante. Eram lançamentos perfeitos que, naquele jogo, acabavam não dando em nada porque aquele era um time muito do vagabundo e ninguém ali conseguia aparar a bola jogada pelo goleiro, tirar-lhe o efeito, dominá-la.

Quando terminou a partida, sai correndo do meu gol, comovido, atravessei a quadra e o abracei pelos joelhos. Levantei-o do chão. Ele ficou um tanto surpreendido, porque há muito não tinha mais fãs, mas passou a mão pelos meus cabelos e disse:

— Valeu, guri!

Depois, fui ao vestiário e abri o chuveiro.

Enquanto tiravam o uniforme, meus companheiros discutiam. Por que não ganhamos? Onde falhamos?

Aí, eu saí do chuveiro e disse:

— Vamos parar com este papo besta. Ele jogou sozinho. É o maior. Ele adivinha onde o sujeito vai botar a bola. As mãos dele têm ímãs. A gente só ganharia se alguém tivesse trazido um revólver pra dar um tiro na cabeça daquele alemão velho.

Calaram-se.

Enquanto voltava a me vestir, senti vontade de chorar mais uma vez, mas me controlei porque não tinha mais a água do chuveiro para mascarar.

Fiquei apenas lembrando de tantos anos antes quando eu era apenas um garoto de calças curtas e, mãozinha dentro da mão áspera de meu pai, escalava penosamente os altos degraus das arquibancadas do ginásio nas noites de sábado.

Naquela época, Catofe não tinha os olhos raiados e o pescoço avermelhado dos bêbados. Era o mais elegante e vaidoso dos goleiros — sempre impecavelmente vestido de negro.

Foi por causa de uma mulher que ele se desgraçou. Mulher safada. Neste mundo cheio de mulheres, ele só queria aquela, a sem-vergonha que o enganava. Então deu em beber. Naquele tempo trabalhava num banco e ganhava uns extras para jogar. Tinha um carro e andava bem-vestido. Mas ela queria luxos que um emprego decente não podia propiciar. Aí, um dia, ele roubou. Por causa dela. Pouca coisa, parece. O caso foi abafado, mas ele acabou sendo despedido. Por algum tempo ainda gozou de impunidade por ser o melhor goleiro de futebol de salão da cidade. Mas foram tantas as vigarices que aprontou depois que, por fim, o jogaram na cadeia.

Na época em que tive a honra de enfrentá-lo, ele jogava em times vagabundos. Jogava por qualquer coisa, um prato de sopa, duas cervejas. Desde então, tenho disputado mil partidas. Esqueço todas, nem conto os gols. Mas aquele zero a zero eu não esqueço. Ainda me lembro da leveza dele quando o levantei, guardo o espanto dos olhos avermelhados que me fitaram, sinto o peso da mão dele, enluvada, na minha cabeça, e a voz rouca que me disse:

— Valeu, guri!

PESADELO do soldado que chegou da guarnição distante

O decrépito casebre de madeira parecia ainda mais pobre e arruinado quando a gente via, por trás dele, o imponente maciço de pedregulhos cinzentos na base do morro,

a exuberância do verde que cobria a elevação e o brilho prateado das curvas do arroio. O casebre ficava na metade do caminho descendente que levava à ponte de madeira.

O guri estava com os pés nus sobre a umidade fria da calçada e o vento soprava-lhe os cabelos, os cachos dourados que escapavam por baixo da boina branca.

Então, uma jovem mulher bem-vestida, saindo do casebre, atravessou a rua poeirenta em direção ao menino. Lenta, parecendo cansada, cabeça baixa, movia os lábios como se rezasse. Ao chegar junto ao filho, supresa por vê-lo ali, ajoelhou-se no cimento frio para abraçá-lo.

— Assim pegas um resfriado.

Ficaram enlaçados por algum tempo, como que escutando o vento que parecia soprar cada vez mais forte, mais frio, vindo dos verdes campos sem fim que se estendiam por trás do morro.

Por sobre o ombro da mãe, o guri observava o chalé miserável, cuja porta encontrava-se aberta, tocada pelo vento, rangendo. Aquele vaivém permitia-lhe ver o negrume dentro da casa. Ao sentir no rosto o corte de faca de uma lufada mais forte, ele fechou os olhos e perguntou:

— Ele não vai brincar hoje, mãe?

Entraram em casa. A mulher fechou a porta e o vento ficou lá fora, pedindo, com chiados e assobios, para entrar. Encontravam-se agora num pequeno vestíbulo. A mãe passou uns dedos trêmulos pelo rosto do filho e, quando foi ajeitar o cabelo rebelde, derrubou-lhe a boina de lã.

Era mãe, faria qualquer coisa para proteger seu filho das desgraças todas. Mentiria se fosse preciso, mas não precisou chegar a tanto. Desviou do assunto:

— Está muito frio. Vamos para a sala. Ligo a estufa e tu podes brincar com os teus soldadinhos.

— O que é que ele tem, mãe? — perguntou o menino.

— Gripe — disse ela, falsamente desinteressada.

De mãos dadas entraram na sala. A mulher ligou a estufa e, quando a resistência brilhou vermelha no cobre polido, disse:

— Cuidado para não encostares aqui. Te queimas.

E saiu. Um minuto depois, na cozinha, já estava mergulhada naquela louca vertigem de pensamentos insensatos que assombra as mulheres quando estão a sós no seu inferno, no tanque ou no fogão. Cantarolava algo que não era bem uma canção, mas uma espécie de lamento, composto por todas estas mulheres que se sucedem nas solidões das cozinhas, geração após geração, em todos os lugares.

O menino pôs os soldadinhos de chumbo em posição de ataque. Guerreou bastante. Sem piedade, matou todos os inimigos. Depois subiu na poltrona e, em silêncio, abriu uma fresta da janela. O chalé continuava soturno contra o verde do morro, a porta aberta parecendo uma boca desdentada.

Então chegou a camionete negra.

— Mãe, lembras daquele guri que morava no chalé?

O soldado está de pé junto à janela. Observa o morro que se ergue por trás do terreno baldio, onde anos antes havia um arruinado casebre de madeira. Pelo verde do morro, sempre mais forte nos invernos, espalham-se agora umas poucas casas. O arroio não serpenteia mais sobre os seixos. Foi canalizado, corre por debaixo da terra. Onde antes havia a muralha das pedras pontiagudas vê-se apenas a grande chaga deixada pela pedreira.

A mulher deposita o tricô sobre a mesinha e passa a mão pela testa, afastando os cabelos grisalhos.

— Ainda lembras dele? — pergunta. Levanta-se, caminha até a janela e abraça o filho, que mantém os olhos fixos no morro. — Vou fazer um café pra ti.

Mães estão sempre ocupadas, suas mãos sempre atarefadas.

Imóvel, o rapaz escuta o som dos passos leves que se afastam pelo corredor. Fecha a janela e encaminha-se também para a cozinha.

Encontra a mãe com as mãos sob o fio da água da torneira.

A mulher volta-se para o filho. Recorda dele pequeno, usando uma boina branca, os finos cabelos loiros soprados pelo vento. Agora é um homem, quase

um estranho. Chegou há pouco trazendo na farda o cheiro da maresia. Sob a boina negra aparecem as têmporas raspadas.

Enquanto a mulher enche a chaleira com água, o rapaz se aproxima da janela que dá para o pátio. O vento forte descabela as laranjeiras, cujos frutos rebrilham rubros. A romãzeira, as goiabeiras, as pereiras. Eram meninos e colhiam as frutas no pé.

— De que foi mesmo que ele morreu, mãe?

A mulher abre a porta do armário, que range como sempre rangeu, e pega xícaras:

— A água já vai ferver.

— Mãe, a senhora sempre me disse que eles tinham ido embora de noite. Mas eu sei que o guri morreu ali.

— Que mania de lembrar coisas tão antigas!

De costas para o filho, a mulher deposita as xícaras na mesa. Ergue a tampa do açucareiro. Ajeita as colherinhas.

As nossas mães e seus milhares de pequenos gestos inúteis, sempre arrumando o que sempre esteve arrumado.

— Nos últimos dias, a senhora levava comida para ele, na marmita.

O rapaz vai até a mesa. Puxa uma cadeira, senta-se. A chaleira chia. Sente-se muito grande, um gigante. Nem lembrava mais que a cozinha era tão pequena. Está com as botas embarradas, mas a mãe não falou nada. Xingava quando ele era pequeno e entrava com as canelas sujas do futebol.

— Naquele dia eu procurei a senhora por toda a casa e depois, quando não a encontrei, saí para a rua. A senhora estava voltando sem a marmita.

— Faz tanto tempo — diz a mulher.

Derrama água quente sobre o café. O cheiro bom toma a peça. O familiar ruído da faca de serrar pão.

— Queres que eu escalde tua xícara? Hoje está um frio de rachar!

— Foi num dia assim, de muito vento...

— Forte ou fraco? — pergunta a mulher.

O rapaz leva um bom tempo para entender que ela se refere ao café. Quando vai responder, ela emenda, entre autoritária e brincalhona:

— Levanta, vai lavar essas mãos! Aqui não é um quartel.

Mães são como sargentos, sempre mandando na gente, sempre mandando a gente fazer coisas desimportantes.

O soldado vai até a pia. As árvores dançarinas do pátio recordam-lhe o pinheiral da guarnição na fronteira. O vento zunindo entre eles. Lembra retalhos de canções marciais que cantam a plenos pulmões até que elas se desvaneçam sobre as ondas brancas do mar. Volta para a mesa.

— Passavam fome. Quando ele adoeceu, a senhora começou a levar a marmita todo dia...

— Vê se está bom de açúcar...

Nos meses passados na guarnição, esquecera do jeito sinuoso das mulheres, das frases evasivas das mães, dos olhos escorregadios das namoradas, do intrincado mundo feminino.

— Não lembro mais o nome da cidade de onde vieram — diz o rapaz. – Chegaram de carroça. Eram seis ou sete meninas e o guri. Um dia, pra me fazer inveja, ele disse que no lugar de onde vinham havia cavalos pra montar e açudes pra nadar no verão.

— Anda, bebe, teu café vai esfriar!

— Pra me vingar, retruquei que a casa onde moravam havia sido abandonada porque era mal-assombrada — diz o soldado, olhando fixamente para a mãe.

— Pega um pedaço de pão!

— Sabe por que eu lembrei dele hoje, passados tantos anos? É porque lá perto do quartel tem um guri parecido com ele, franzino, pálido. Ele está sempre olhando o mar, como o outro olhava o morro.

— Daqui a pouco o teu pai vai chegar — diz a mulher, mirando o relógio de parede.

Em silêncio o rapaz bebe o café.

— Vou deitar. Quase não dormi a noite passada. Estava de guarda.

Na cama, fecha os olhos. Os lençóis cheiram a naftalina. Tenta evocar o cheiro da maresia. O mar não é verde como o morro. É cinza. Descobriu que o mar era cinzento naquela tarde em que pode vê-lo de cima da carroceria do caminhão, ele e os outros soldados que iam passar seis meses na guarnição perdida nos cafundós da pátria.

Ao entrar no quarto, minutos depois, a mulher o encontrou dormindo.

A camioneta negra detém-se junto à porta entreaberta do casebre. Um dos homens desce e abre a traseira. O outro, o motorista, vem depois. Juntos, puxam o caixãozinho branco. Depois somem pela porta aberta do chalé. Reaparecem logo. O motorista, que usa um quepe, luta contra o vento para acender um cigarro. Conversam. Olham ao redor. Apontam para o morro, para a pedreira. Acaba o cigarro, o homem esmaga a bagana contra o chão frio. Entram na casa. Retornam logo com o caixão, que agora está mais pesado. Atrás dos homens, vem o pai do menino, lenço branco na mão. A mãe surge amparada pelas filhas. Choram abraçadas. O pai embarca junto com o caixão. Fecham a traseira. A camioneta negra parte.

É pequeno, muito pequeno, está junto à janela. Sente muito medo. Fecha o postigo com força e salta da poltrona. Enrosca-se no fio da estufa. Os delicados fios vermelhos da resistência. O calor insuportável. Queima.

A mulher surgiu logo na porta do quarto. O soldado estava sentado na cama, trêmulo, o rosto molhado de suor, os olhos fuzilando.

Como sempre, ela o abraça forte para acalmar-lhe as batidas do coração. Passa-lhe a mão pelos cabelos, pela testa inundada, e pergunta:

— Aquele pesadelo, de novo?

— É, mãe.

— Sonhaste muitas vezes lá na guarnição?

— Uma vez só. No primeiro dia em que vi o guri olhando o mar.

A mulher suspira fundo e se põe de pé:

— Levanta e passa uma água no rosto. Teu pai está atrasado hoje. Deve estar fazendo hora extra.

SINAL de luz

Rasgou a noite como se ela fosse a negra capa do Zorro. O guri que atendia aos carros dormitava, encostado no *trailer*, quando estacionamos. O Magro meteu a mão na buzina e só a retirou quando o moleque meio que deu um pulo e, sobressaltado, veio até onde estávamos, passando a mão pelos olhos e pela boca escancarada no bocejo.

Às sete o sol já queimava, batia no asfalto e doía nos olhos da gente (porque estávamos indormidos), quando o garoto veio até nós pelo túnel de sombra dos grandes eucaliptos.

A noite tinha sido longa (sabe como é, um giro por duas ou três boates e depois aquelas gurias), primeiro na cidade e depois na praia. A escuridão da estrada que leva à lagoa, e a garrafa de vinho passando de mão em mão, quatro bocas sedentas, e a lua batendo bem no meio da água. Depois, dois para cada lado, apertando areia entre as mãos naquela hora, e fumando em seguida com os olhos postos no risco prateado que cortava as águas. E, ao clarear, o cansaço e a viagem de volta, os olhos quase fechando e aquela sensação de vazio, todo mundo quieto dentro do carro sem dar um pio. E as gurias quiseram descer numa parada e ficaram por lá fingindo que iam pegar um ônibus ou um táxi e a gente sabendo que mal sumíssemos na primeira curva elas entrariam pelas ruas poeirentas daquele bairro fuleiro e seriam engolidas pela porta de algum daqueles barracos. Uma longa noite.

Rasgou a noite como se ela fosse a máscara do Batman.

Quando chegou, o guri não bocejava mais, mas trazia a boca ainda aberta. Encostou-se no carro, a cabeça enquadrada na porta.

— Uma cerveja — ordenou o Magro. — Ligeirinho!

Mas o piá nem se mexeu, continuou apalermado por um tempo (achei que estivesse meio dormindo em pé), e, quando falou, foi daquele jeito rouco de quem passa a noite em claro debaixo dos eucaliptos correndo de um carro para outro:

— O Alemão. Ele se deu mal. Teve um cara que passou por aqui e mandou dizer isso se vocês aparecessem. Uma jamanta pegou o Alemão de frente. Está no necrotério.

O Magro não me olhou nem nada. Só meteu a mão na cara do guri e empurrou a cabeça dele para fora do carro e girou a chave e o motor roncou. Enterrou o pé, bem fundo mesmo. Parecia que o motor ia explodir.

O Magro — sempre com aquele jeito de mandarim (uma cara fechada, dura, com muito osso por baixo da pele, uma cara que jamais sorri) — engatou a ré na porrada, sem afundar bem o pé na engrenagem, aquele rascar de ferros. E o carro saiu, de traseira, levantando as pedrinhas e uma nuvem de poeira (no meio das árvores, entre os eucaliptos, não botaram asfalto).

Coleção Jabuti Vida

Editora Saraiva

Ilhados
tratado sobre guris

Lourenço Cazarré

Apreciando a Leitura

Bate-papo inicial

Quem pensa que vida de guri é só alegria, jogo de bola e banho de açude precisa olhar mais de perto, atentamente, para descobrir que é muito mais do que isso. Vida de guri também é ansiedade com as novas descobertas, os ritos de iniciação, o pesadelo nas noites acaloradas, a cumplicidade gostosa do avô ou do *cusco*. É também o chamado para o combate, a convivência com a intolerância, o medo da humilhação, o confronto com a morte, o controle do animal que existe dentro de si. Mas, o melhor da vida de guri é exasperar-se com o universo indecifrável das mulheres, o despertar para o próprio valor e a esperança no que está por vir.

Analisando o texto

Véspera de aula

1. "(...) minha mãe não quis saber de conversa, porque mulheres não entendem nada dos rituais masculinos de iniciação." (p. 8) A que rituais o menino se refere? Que outros elementos do texto mostram a passagem da infância para a adolescência?

R.: ______

Briga de guris

2. Dê sua opinião sobre o motivo da briga entre os meninos.

R.: ______

3. O que simboliza o gesto de os meninos se lavarem na bica e depois seguirem lado a lado para suas casas?

R.: ______

Cantiga de ninar

4. O que fez o menino ter a sensação de que algo irreparável havia acontecido?

R.: ______

Na hora da sesta

5. Observe no texto o comportamento dos guris com Tarcísio, a reação de Tarcísio e a atitude dos adultos após o trágico incidente. O que existe de comum entre todos eles?

R.: ______

Pesadelo do soldado que chegou da guarnição distante

11. Acompanhando os diálogos entre o soldado e a mãe, você acha que há uma comunicação eficiente entre eles? Justifique a sua resposta.

R.: ____

____

____

____

Sinal de luz

12. Neste conto, a palavra "rasgar" pode ser interpretada de várias formas. Quais?

R.: ____

____

Um só corpo, corcovado e imenso

13. O que distingue o Magro dos outros brigadinos?

R.: ____

____

14. O que provoca os acessos de fúria em Luiz Gordo?

R.: ____

Ilhados

15. Procure no dicionário o significado da palavra "ilhado". Depois de ler o conto, responda: qual é o significado simbólico desse título?

R.: ____

____

____

____

____

____

23. Que projetos estão sendo desenvolvidos em sua cidade para promover a inclusão social de pessoas com necessidades especiais? Por exemplo: reforma de imóveis e calçadas para permitir o melhor acesso, escolas com programação diferenciada, transporte, oportunidades no mercado de trabalho etc.

24. A vida de crianças e jovens com seus conflitos e vitórias foi tema de grandes obras literárias e cinematográficas. Pesquise sobre uma dessas obras e compartilhe-a com seus colegas.

25. A cor negra passeia por vários dos contos. Na sua opinião, ela é metáfora de quê?

■ Redigindo

26. Nesta obra o autor usa, com propriedade, um recurso que ajuda a envolver o leitor: a descrição detalhada de fatos e ações. Valendo-se desse recurso, desenvolva uma narrativa curta, autobiográfica, sobre um fato que marcou sua vida.

■ Trabalho interdisciplinar

27. Leia atentamente o conto "Um só corpo, corcovado e imenso". Com a ajuda dos professores de História e Geografia, pesquise, em grupo, sobre o êxodo rural, a degradação e o crescimento desordenado das metrópoles e a falta de programas de capacitação do trabalhador. Depois, junto com o grupo e com o auxílio do professor de Artes, elaborem um mapa, ilustrando o que foi pesquisado. Promovam uma exposição, para a comunidade ou para as outras classes da escola.

Para qualquer comunicação sobre a obra, escreva:

Editora Saraiva
Editorial Paradidático e de Interesse Geral
Rua Henrique Schaumann, 270
05413-909 São Paulo – SP
e-mail: paradidatico@editorasaraiva.com.br

Escola: ______________________________

Nome: ______________________________

____

Ano: ____________________ Número: ____________

6. Comente o trecho do conto: "— Mais dia, menos dia, a gente ia ter que fazer isso mesmo — disse um deles — não existe louco manso." (p. 29)

R.: ______________________________

____

____

Menino tranquilo nos braços do pai

7. O que faz o homem moreno ser tão anônimo a ponto de ser invisível?

R.: ______________________________

____

8. O que expressa que a dor do homem pela morte do filho será insuperável?

R.: ______________________________

____

Homem todo vestido de negro

9. Escolha uma passagem do texto que descreva bem as qualidades do futebol de salão.

R.: ______________________________

____

____

____

____

____

____

____

10. Que significado simbólico tem a roupa negra do velho goleiro?

R.: ______________________________

16. O que faz a jovem reagir contra o fim trágico que a esperava?

R.: ____

____

Linguagem

17. Nos contos há várias expressões regionais que ajudam a situar o leitor em um determinado contexto. Encontre no dicionário os significados das palavras destacadas:

a) "Se ia ao açougue, pedia ao homem (...) que tirasse uma lasquinha, que jogava para o **cusco**."

____

b) "o largo peito **glabro** brilhando suarento sob o sol cruel do meio-dia."

____

c) "caminhou até o **bolicho** da esquina e ali se quedou a beber"

____

d) "— Pega uma garrafa de **canha**. Rápido!"

____

e) "o bêbado, **caborteiro**, saltou nas costas dele"

____

f) "— Te mexe, guri, deixa de ser **mazanza**!"

____

g) "Curuça era meio convencido, **balaqueiro** mesmo, mas jogava uma barbaridade."

____

h) "Os outros **piás** estavam um pouco mais afastados"

____

i) "Um homem precisa de uma rua decente onde possa andar de bicicleta sem parecer um domador de **baguais**"

____

Refletindo

18. Discuta em grupo como o personagem principal de cada conto poderia agir para evitar o desencadeamento dos conflitos apresentados.

19. Comente e compare as seguintes passagens de "Sinal de luz" e "Ilhados", procurando estabelecer uma ligação entre elas:

Sinal de luz

"— Canalhas! Pelo menos talvez eles acordem mais cedo hoje, com o nosso barulho, e aí terão mais tempo para não fazer nada até a hora de dormir de novo." (p. 57)

Ilhados

"Depois veio a tristeza, grossa e visguenta, como a aflição dos pesadelos, como o desalento que nos invade quando pressentimos que todos os dias são iguais, e que seguirão assim até o final dos tempos." (p. 73)

20. "As mulheres choram como os bichos, sem pudor. Nos seus gritos elas mostram tudo o que os homens escondem com os seus silêncios: desespero, revolta e impotência." (p. 9)
Você concorda com a afirmação do narrador? Os homens reprimem mesmo suas emoções? Se sim, por quê?

21. Encontre nos contos comentários que refletem preconceito e intolerância. Destaque os tipos de preconceitos apresentados, comente-os em grupo e dê um exemplo de como esses preconceitos podem ser combatidos.

Pesquisando

22. *Ilhados* fala de guris, mas sabemos que, no Brasil, muitos guris e gurias nasceram sem ter sido desejados. Uma das formas de auxiliar a população nesse sentido, prevenindo a gravidez indesejada, é promovendo campanhas de planejamento familiar. Para isso, é preciso conhecer os métodos anticoncepcionais. Em grupo, façam uma pesquisa sobre eles e sobre os programas de planejamento familiar disponíveis na sua cidade.

O Magro é braço, braço mesmo. De noite, às vezes, ele (tem um instinto, coisa de bicho) toca o carro a mais de cem pela estrada escura, farol desligado, uma mixaria de lua que seja, e quando vem a curva ele só dá aquela guinada e pronto. É braço.

Rasgou a bandeira dos piratas.

De ré mesmo foi até a rua que leva para os lados do porto e ali ele deu um meio cavalo de pau, sempre de pé embaixo. Era domingo, todo mundo dormindo até mais tarde, a cidade entregue aos cachorros e gatos sonolentos das calçadas. Partimos. O Magro de pé enterrado e eu só de olho no velocímetro, o ponteiro deitando para a direita, cento e vinte, cento e quarenta. Aquela rua é preferencial, larga, sem sinaleiras, sem nada. Um pau só. Cento e cinquenta e desisti de olhar. O zunido do carro batendo nas paredes das casas adormecidas e voltando até nós, voltando mole porque já estávamos longe então, o eco ficando pra trás, é isso. E as casas passando vertiginosamente. E um que outro sujeito parado numa esquina nos olhando (o carro da gente: só as manchas mais escuras das nossas cabeças) e ficando estarrecido e murmurando: Que loucura! Quem é que dá carro a uns guris loucos como esses? E se me atropelam uma criança?

Rasgou a noite como se ela fosse um gibi do Cavaleiro Negro.

E a mão do Magro, por acaso, sou capaz de jurar que foi mesmo por acaso, caiu sobre a buzina e ele a deixou ali, pesando, e ao ronco do carro e ao eco juntou-se o som da buzina, a barulhada, e eu olhei para ele (forcei meus olhos a não passarem pelo velocímetro — talvez eu estivesse com medo, se é que um cara pode sentir medo quando está exausto e vazio depois de uma noite daquelas: o amargor da bebida e as garotas ficando cada vez mais tristes e solitárias e mais pobres) e vi uma lágrima descendo pela cara dele, uma cara de pedra, mais ossos que carne, e ele se desculpou. Passou a mão (entendo, ele precisava dirigir) pelos olhos e disse:

— Canalhas! Pelo menos talvez eles acordem mais cedo hoje, com o nosso barulho, e aí terão mais tempo para não fazer nada até a hora de dormir de novo.

E meteu uma terceira e tirou de soco o pé e o carro encolheu-se como um gato querendo briga, bufou, freou, rabaneou, e ele engatou uma segunda em cima, e o carro quase perde a lataria. E enveredamos pelo beco do necrotério.

Rasgou tudo.

As motos, umas trinta, estavam alinhadas à beira da calçada, coloridas, os assentos de couro negro, os garfos e guidons prateados, os espelhos refletindo o sol vermelho.

Os motoqueiros estavam reunidos em pequenos grupos, agachados na sombra das árvores franzinas, olhando as pedras da rua com os mesmos olhos do garoto do *trailer*, insones.

— Otários!

Descemos do carrro. O Magro encarou dois ou três deles, que viraram a cara para o lado, e cuspiu e depois acendeu um cigarro e me disse — vem! — e nos encaminhamos para a porta.

O alemão velho, o pai do morto, estava lá, não sentado no degrau, mas acocorado, com as costas contra a parede, que é como prefere essa gente do mato, pitando um cigarrinho de palha. O Magro foi na frente e estendeu a mão a ele e sussurrou:

— Meus pêsames.

O velho apertou a mão do Magro e não falou nada, ficou na dele, silencioso. Devia estar cansado pacas, como a gente.

Aí, o Louco veio lá de dentro (do bafo úmido do necrotério), agitado, roendo as unhas, ele era muito nervoso, e disse rápido:

— Parece que os médicos tão montando ele de novo.

E aí se deu conta de que tinha falado bobagem porque o pai do morto estava ali junto de nós e ficou vermelho, mas o velho nem deu bola, só pitando e olhando a rua.

Rasgou um álbum de figurinhas.

Caminhamos até a sombra de uma árvore de onde podíamos ver a fileira de motos brilhando ao sol, todas com o guidom para o mesmo lado, e aqueles tanques coloridos, um negócio bonito de olhar, e os motoqueiros em pequenos grupos, falando baixo ou nem falando, uns sentados

no cimento úmido da calçada, outros com o traseiro no meio-fio, ou agachados, uns poucos ainda vestindo o casaco de couro negro, a maioria só de camiseta.

— Agora está claro — disse o Louco, apontando os motoqueiros. — Foi por causa desses babacas que ele morreu.

A gente quase não escutava o que o Louco dizia porque ele vivia falando o tempo todo, afobado, gaguejando, babando-se, como se temesse morrer entre uma palavra e outra, sem ter tempo para acabar a frase.

— O Alemão andava sumido por causa desses idiotas, a noite toda andando de um lado para o outro, tontos, não pegam mulher nem nada, só em cima dessas motos, babacas — disse o Louco.

Fazia três meses que o Alemão andava sumido, e a gente sem saber por quê, e a gente sem se importar muito com aquilo porque ele era até meio chato, sempre calado.

Rasgou.

— Vou lá, vou levar um lero com o Gasolina — disse o Louco.

O Magro desencostou da árvore e seguiu o Louco, e eu fui atrás, já enfiando o chaveiro no dedo médio, que era para o caso de ter um arranca com os motoqueiros. Enfiei como se fosse uma aliança, mas deixei a ponta da chave entre os dedos, para ficar como se fosse a lâmina de uma navalha, só que curta e rombuda.

Só mesmo o Louco para encarar uns trinta, eu pensei, enquanto caminhava com eles em direção aos motoqueiros. Pelo jeito do Magro, vi que ele não estava para briga: ia calmo, dando aqueles passos compridos, meio arrastados. Mas o Louco estava a fim, com as mãos fechadas.

O Louco era muito invocado, por qualquer coisinha queria logo briga e, um segundo depois, já estava chorando, raivoso, rangendo os dentes. Mas a gente não esquentava muito porque ele era um cara legal, só que muito problemático: a garota que ele namorava desde os quinze anos tinha virado a maior galinha e andava com todo mundo. Ele largou dela, mas ainda ficou amarrado, largou mas ficou sofrendo, gostando ainda.

E em seguida a gente chegou ao grupo maior, reunido em torno do Gasolina, que era o chefe de todos eles. O Gasolina levantou rápido. Era um cara grandão, e o Louco, que não era pequeno, ficou

pequeno perto dele. O dente de ouro que o Gasolina tinha na frente brilhou quando ele cuspiu. O Louco abriu a boca, mas não disse nada. Quando ficava muito nervoso era isso: abria a boca e necas, ou então gaguejava. O Gasolina recuou uns passos, até ficar de costas na parede, e disse:

— Eu estava com o Alemão na hora do acidente. Vinha atrás dele, numa boa. Eu vi a jamanta, de longe, os faróis da jamanta, aí eu dei um toque pra ele. Sinal de luz. Mas ele seguiu direto, retão. Dei sinal de novo. Pensei: garanto que ele só quer tirar um fino. Sabe como é, tirar um sarro, dar um susto no camioneiro. Mas não deu tempo pra desviar. O Alemão se foi com tudo. No meio do parachoque.

O Louco já estava chorando, ele não controlava nada, nunca. Soluçando. Por isso não entendi direito o que ele disse, só uma coisa:

— Palhaços!

E o Magro agarrou ele por trás, na hora certa, e ele ficou dando pontapés no ar e urrando e chorando. O Gasolina se afastou e montou na moto — só isso, nem olhou para o Louco, nem disse depois te pego, nada. A gangue toda montou e eles se foram, pela ruazinha, sem acelerar muito, na deles.

O Magro soltou o Louco e ele ficou ali, parado na calçada, olhando para o meio da rua. Eu sabia que ele não era assim tão amigo do Alemão, quero dizer, eu sabia que o Louco não era amigo de ninguém, por causa da mina dele. Mas o negócio é que ele tinha tentado brigar com o Gasolina por causa do Alemão. Três meses que o Alemão andava sumido e a gente nem tinha se tocado de que ele havia comprado uma moto. A gente não sabia por que o Alemão era esquisito, não falava nada, sempre caladão. Nem deu tempo para perceber que ele tinha dado o fora. Quero dizer, teve uma noite que o Magro deu um toque:

— Garanto que o alemongas anda engatado, tem rabo de saia no meio, mas qualquer dia ele aparece por aí.

Não, não apareceu.

Rasgou uma coleção de carteiras de cigarros.

E bem depois que a última moto tinha sido engolida pela esquina, o Magro puxou o Louco pelo braço e empurrou ele para o banco de trás do carro e lhe disse:

— Vem, vamos até o centro, a gente toma um cafezinho e volta mais tarde para o...

A cidade continuava dormindo, indiferente a tudo, indiferente à morte. Só umas velhas saindo da missa na capela do hospital, uns velhos parados pelas esquinas, fumando. Cansado, os olhos ardendo, eu me lembrei das gurias na praia, da lua na lagoa, da areia nas mãos e a gente vendo a noite escorrer. Os coqueiros. A guria com a cabeça no meu braço e eu olhando a lagoa e não tinha papo, eu não saberia dizer o que ela talvez quisesse ouvir, eu queria só o silêncio mesmo, e depois a gente voltando de carro para a cidade e ela disse ao Magro:

— Deixa a gente no ponto de ônibus.

Aí eu me dei conta e olhei para as roupas dela. O dia tinha nascido, a bebida tinha evaporado. A luz era terrível. Ela se afastou de mim, pegou um espelhinho e passou batom e sorriu sem alegria e disse:

— Qualquer dia a gente se cruza por aí.

Eu fiz que sim com a cabeça, e teria sorrido se pudesse, porque eu sei que quando se fala assim — qualquer dia a gente se cruza por aí — não vai mais se ver. E aí a gente sabe que vai ter mais umas imagens para recordar, um olhar, um gosto.

O Alemão tinha morrido enquanto olhávamos a lua dançar sobre as águas. Era isso o que eu pensava enquanto a gente ia para o centro tomar o tal cafezinho. Agora o corpo dele estava arrebentado no necrotério, palavra feia. Mas o corpo frio não importava muito, o pior é que a alma dele já devia de estar no outro mundo, solitária, sem a gente, sem os amigos dele.

Os soluços foram diminuindo, acabaram, e o Louco fungou, fungou e falou, porque ele não podia ficar calado mesmo:

— Eu penso que deve ser legal morrer assim, de repente. Quando está na fossa a gente pensa nisso: num carro, numa moto, qualquer coisa a duzentos por hora, de pé cravado e um sonzão brabo dentro da cabeça, e aí um poste, um caminhão, um barranco, rasgar tudo...

UM SÓ corpo, corcovado e imenso

— Tu tá achando que a gente vai chegar nele sem a ajuda do reforço?

— Eu quero é ir sozinho pra cima dele.

— Tu? — espanta-se o sargento. Depois ri: — Não é hora de brincadeira.

Os dois não se olham. Por entre os galhos ressequidos, espiam o homenzarrão na outra margem.

— Se o senhor deixar, eu vou, sargento.

— Tu tá é maluco! Se ele te mete uma bala não é nada, porque aquela espingarda dele é de chumbinho, o duro mesmo é se te pega no pescoço. Aí tu pode encomendar a alma.

— A gente não pode é continuar parado aqui com ele cantando de galo. É um desaforo.

— Vou pedir reforço pelo rádio da viatura — diz o sargento.

— Seria mais humilhação ainda — retruca o soldado. — Me deixa pegar ele, sargento.

Estão deitados na margem direita do canal, por trás de uns caraguatás, cassetetes na mão, observando o homem alto e gordo, sem camisa, que grita e gesticula na outra margem. A separá-los existe o leito quase seco do riacho, cortado pelo negro fiapo da água suja que serpenteia entre os monturos.

— Mas o que é que tu tá pensando, guri? — pergunta o sargento, impaciente.

— Tenho um plano. Num minuto estou com ele derrubado no chão. Vocês chegam e metem as algemas nele.

— Falar é fácil, língua não tem osso. Ele já botou o Caldeira e o Braga pra dentro do lodo! E eles são mais fortes que tu!

— Deixa comigo, chefe — o soldado sorri. — Meu braço está comichando de vontade de apertar aquele pescoção.

O sargento suspira fundo:

— Faz o que tu quiseres. És maior de idade e vacinado. Agora, uma coisa é certa: eu não me responsabilizo. Faz de conta que tu tomou a iniciativa. Se ele te torcer o pescoço, azar.

— Fechado.

O soldado ergue-se e corre, agachado, em direção aos casebres. É muito jovem e franzino. Enquanto corre, escuta os gritos irônicos do grandalhão no outro lado do canal:

— Adonde tu vai com tanta pressa, franguinho? Vai procurar tua mamãe? Pois aproveita e te esconde debaixo da asa dela! Ou será que tu vai chamar mais brigadianos? Chama bem uns vinte que eu tomo conta deles tudo! Bando de cagão! Brigadiano só serve pra bater em mulher! Que venham! Vou fazer com eles o que já fiz com os outros dois trouxas!

Ao atingir o casario, o soldado se levanta. É de estatura meã, mais para baixa. Apressado, avança por entre as casinholas de paredes de lata, de refugos de madeira ou mesmo de papelão.

O barro negro das ruas está seco, não chove há muito. Mulheres e crianças escondem-se por trás das paredes vacilantes do Templo dos Crentes — um barraco um pouco maior, mas igualmente frágil — prontas para fugir caso Luís Gordo atravesse o arroio.

O soldado circula os olhos pela gente assustada e suja. Aponta para um velho franzino:

— Tu aí, me dá tua roupa. Vamos, ligeiro! Onde tem um lugar que a gente possa se trocar?

O velho não diz nada.

O soldado arranca a própria túnica, joga-a no chão, e veste a camisa do velho.

— Vamos, tira a calça também!

Um sussurro de espanto sacode as mulheres.

— Virem a cara pro lado — ordena o soldado.

Sentado no meio da ruela, desamarra os cadarços, tira as botinas. Com gestos nervosos despe a calça. Novamente de pé, enfia a calça do outro, que está imunda. Por fim, arranca da cabeça do velho o roto chapéu de palha, deixando-o quase nu.

Está bêbado, pensa o soldado. O maldito velho está borracho. O soldado respira fundo. Sente a catinga da roupa. Lança um olhar duro ao bêbado estupidificado: a boca ligeiramente aberta deixa pender um grosso fiapo de saliva.

— Quem é o dono do boteco? — pergunta, apontando a placa.

Ninguém responde.

— De quem é o boteco? — grita para a gente escondida por trás do templo. — É bom dizer antes que eu ponha a porta abaixo!

Um homenzinho balofo surge vindo de não se sabe onde.

— De que é que o senhor precisa?

— Pega uma garrafa de canha. Rápido! E já me traz sem tampa!

O gorducho abre o cadeado que fechava o bolicho. O soldado sorri. Bastava um pontapé para pôr abaixo aquela porta. Para que o cadeado?

O bodegueiro chega com a cachaça. O soldado bebe um gole largo. Depois, segurando a garrafa pelo gargalo, pés descalços, encaminha-se, vacilante, como se estivesse borracho, para a pontezinha que atravessa o canal.

É uma pinguela de duas pranchas, precária, vacilante. Na época das chuvas é retirada para que as águas não a levem.

Agarrado à frágil amurada de arame, balançando-se como bêbado, o soldado observa Luís Gordo pelo canto do olho. Ele continua lá, na frente do minúsculo barraco pintado de rosa, a berrar e a bracejar: a passarinheira na mão direita, o largo peito glabro brilhando suarento sob o sol cruel do meio-dia. O soldado tenta escutar o que ele diz, mas não há vento para trazer os sarcasmos da voz rouca até ali.

— Luís Gordo fala demais — murmura o soldado. — Todos falam demais neste mundo de Deus. As bocas das pessoas andam cheias de palavras.

Trôpego, assoviando uma desconchavada musiquinha, a garrafa de canha na mão esquerda, encaminha-se para onde está Luís Gordo. Rosto caído, espiando por baixo da aba do chapéu, consegue entrever seus colegas, espalhados entre a vegetação ressequida.

— O que tu acha que o Magro foi fazer? — pergunta o soldado negro, enquanto passa a manga da camisa pelo nariz.

— Buscar reforço — responde o grisalho. — Só pode ser isso.

— Aí, sim — o negro observa a mancha de sangue. — Quando o pessoal chegar, o Luisão vai ver o que é bom pra tosse. Vou dar uma porrada nos dentes dele.

— Mas antes a gente vai ter que pegar ele. E aí é que eu quero ver! O negócio não vai ser fácil!

— Ele não tem nem três culhões. Não é mais macho que nós!

— Mais macho não é, mas o bicho é forte — o soldado grisalho passa a mão pela testa, onde há uma protuberância. — Já tivemos uma mostra.

— Acho que o bandido me quebrou o nariz.

— O bicho é forte!

— Se ele tivesse caído no canal, eu afogava ele na água suja.

— Aquilo nem é água mais.

— Tu já viu o quanto nós estamos fedendo, Braga? Credo! Esse bêbado vai lavar a minha farda lá no quartel!

— Ele é mais gabola que bandido.

— Se o sargento tivesse deixado a gente usar revólver!

— Aí não tinha graça.

— Era só meter um balaço no meio daquela cabeça cabeluda.

— Não precisa. Quando não tá bêbado, o Luís Gordo é gente boa — diz o grisalho. — Bebum, ele gosta é de cantar de galo.

— Não perde por esperar. Vou meter um pontapé naquela bunda grande... E o Magro? Será que fugiu?

— Não. Ele é corajoso. Já me vi em hoscas com ele e ele sempre vai em frente. O que tem de fraco tem de valente.

— Olha! Tem um cara atravessando a pinguela.

O soldado mais velho aperta os olhos e diz:

— E está borracho.

— Era só o que nos faltava: um outro cachaceiro pra se juntar com o Luísão!

— É o Magro! Tá se fazendo de bêbado, o cretino!

Era menos que uma vila, era até menos que uma favela, porque os que ali viviam eram menos que gente, eram qualquer coisa acima de bichos porque sabiam falar.

Vieram de todos esses campos aí pela volta da cidade. Lá fora viviam mal das pernas, quase sem roupa e sem remédios, mas, no geral, tinham o que comer. Plantavam para o gasto, uns pés de milho, uma ponta de arroz, e carneavam uma ovelha de vez em quando, roubada quase sempre. Uns criavam galinhas. Outros até passarinhos matavam a bodocaços, quando a fome apertava.

Na cidade só se tem as ruas e ninguém, a não ser Pedro Malasartes, desencava comida das pedras do calçamento ou do asfalto. Que lhes resta quando percebem que vieram de outro tempo e de outro mundo e que ali não tem lugar para eles? Vão para a beira dos lixões onde podem colher alguma coisa, como antes faziam nos inóspitos campos verdes.

São catadores de papel, vendedores de vidro e ferro, carroceiros, jardineiros e biscateiros. Chegaram há pouco, ainda não dominam os misteres urbanos, nos quais serão mestres seus filhos: ladrões de botijão de gás, punguistas na volta do mercado, gigolôs de perebentas, flanelinhas raivosos, cheiradores de cola, assassinos de velhas.

Por terem chegado há pouco dos campos devastados, foram empurrados para as terras encharcadas nos confins, depois do canal que pastoreia os detritos da cidade toda. Acabaram se ajeitando pela volta do depósito de lixo, que a gente identifica com facilidade porque ele está sempre debaixo de uma nuvem negra de urubus. E lá ergueram suas casas, menos que casas: casinholas de paredes recobertas por compensado ou por latas de óleo de soja.

Luís Gordo estava há um bom tempo por ali. Mas morava meio afastado, só ele na outra margem do arroio, porque não gostava de gente. Era um bicho do mato. No começo, ganhava uns trocos cabeceando sacos numa arrozeira, mas depois se deu bem, arranjou uma boca de leão de chácara numa boate. Não era de briga, mas isso não importava porque era alto e forte. E tinha cara de índio, aquela cabeleira negra escorrida e os olhos taciturnos que botavam medo até mesmo nos caras siderados pelo pico. Só o jeitão dele já amansava os brabos.

Era conhecido por pacato e respeitador, mas, de longe em longe, acordava com os bofes virados e se passava na canha, como naquele domingo. Aí a coisa desandava.

Naquela manhã, no bolicho, sentado num saco de feijão, bebera uma garrafa inteira, sozinho. Meio emburrado, pateara o balcão. E saíra pela vila a dizer palavrões cabeludos, a enticar com as mulheres, a desaforar os homens. Meteu a mão nos dois ou três que não tiveram tempo de se afastar. Que chamassem a Brigada! E se fora sestear.

Estava no bem bom do sono quando bateram à porta do barraco. Eram dois brigadianos, um velhusco e um negrão. Que ele tinha de ir ao posto policial responder pela arruaça, que um cidadão tinha prestado queixa e que eles estavam ali, de radiopatrulha e tudo, para conduzi-lo ao distrito.

Mas, bah, nem disse nada, baixou o braço. Deu um soco na cara de cada um. O branco se foi direto ao lodo, desconjuntado, mas o negro conseguiu se equilibrar nas patas de trás. O jeito foi meter um cotovelaço nas ventas dele. E o muçum se juntou ao outro.

Num vupt, Luisão pegou a passarinheira atrás da porta e fez mira na testa deles, que já se preparavam para escalar de novo a margem barrenta do arroio. Que se sumissem! Encagaçados, saíram patinhando pela sujeira, e galgaram a outra margem e foram se refugiar entre as unhas-de-gato.

— Tão pensando que eu sou o quê? Um *alimal*? Vocês tão é muito enganados! Acham que esta cidade é grande coisa só porque tem um batalhão de brigadianos? Tô de saco cheio disso aqui! Qualquer dia volto lá pra fora. Tem sanga limpa e não esse arroio fedorento. Tem cancha pra carreira de cavalo e salão de dança. O que é que tem aqui pra se fazer num domingo? Nada. Tem futebol, mas isso é coisa de maricas. Meto-lhe uma bala num!

E Luís Gordo falava ainda, empolgado pela canha que lhe restava nas entranhas, quando o bêbado de camisa remendada atravessou a pinguela e se veio, lento, vacilante como palhaço de circo, desenhando a beira da barranca, quase que se despencando.

Um pobre borracho magro e miserável, de olhar turvo e boca aberta, fiapo de homem. De pés descalços. Uma coisa à toa.

Logo desinteressado do pinguço, Luís Gordo continuou a despejar a mágoa armazenada por tanto tempo: a mão direita segurando a passarinheira e a voz rouca repetindo, com pequenas variações, as mesmas frases de sempre.

E aí, de repente, sem mais nem menos, o bêbado, caborteiro, saltou nas costas dele: os braços magros se aferraram em torno do grosso pescoço moreno e as pernas em torno da grande barriga, com os pés se entrecruzando na frente.

De início os olhos indiáticos mostraram estupor. Em seguida, raiva. E, aí, Luís Gordo se pôs a pinotear como se estivesse com um piá nas costas, o filho que não tinha, brincando de upa-upa cavalinho com ele. Meio sufocado, não falava mais nada, apenas zurrava como um burro triste, saudoso de sua querência.

Nem podia mais pensar direito, o pobre. Tinha era que arranjar um jeito de se livrar daquele carrapato.

Viu então os três brigadianos descendo raivosos a outra margem do arroio, resbalando, tropeçando na raizama, e os viu, depois, patinando sobre o lodo, e os viu, por fim, galgando o barranco.

Resolveu então guarnecer as costas e encostou-se contra a parede do barraco e levantou a espingarda como se ela fosse um tacape, e esperou os brigadas que chegavam de cassetete em punho, afoitos.

Enquanto esgrimia com eles, lembrou que na parede do barraco havia umas cabeças salientes de pregos e umas rebarbas pontiagudas de lata. Aí, pôs-se a esfregar contra ela as costas, as costas do soldado magro.

Era como se sentisse a dor do outro, os cortes, as fincadas, os lanhos na própria carne. Mas aquele molambo estava grudado nele como uma cicatriz, e por isso Luís Gordo perdeu o jogo de cintura e se tornou alvo fácil para as porretadas dos brigadas. Então, meio que para se distrair, ele se botou a contar as lapadas que levava e espantou-se porque elas cada vez doíam menos. Já estava chegando a vinte quando lhe acertaram uma no pé do ouvido.

Então ele foi arriando, se encolhendo como um tatu mulita, devagarzinho, já entregue, mas, de repente, encontrou forças não se sabe adonde e se lançou para a frente. Voou. Voou para o leito imundo do arroio levando consigo, de carona, o rapazinho das costas ensanguentadas. Na curva do voo pareciam um só homem, um só corpo, corcovado e imenso.

Ilhados

Choveu a noite inteira.

Era uma vila de casinhas baixas que tinham o aspecto de coisas improvisadas sobre a areia estéril da praia, pouco mais que frágeis caixotes de madeira corrompida, vulneráveis.

Com as trevas, veio a garoa, mansa porém implacável, e todos recolheram-se às casas e pouco depois as luzes foram apagadas porque eram pescadores e teriam de sair cedo para a lagoa no dia seguinte. Dormiram embalados pela chuva silenciosa sobre o teto e, mais tarde, quando começou o temporal, tiveram sonhos ruins. Ribombos sacudindo as janelas, raios finos retalhando o céu, vento frio se enfiando pelas frestas: a tormenta parecia não ter fim.

Por causa dos trovões, e dos laçaços da chuva no teto de zinco das casinholas, ele pôde serrar e martelar tranquilo, como se fosse marceneiro e não pescador. Ninguém viu quando ele, lutando contra o vento, lampião balouçando na mão esquerda, saiu para o pátio e pegou a tora. Dois ou três raios se afogaram nas águas distantes enquanto ele arrastava a madeira até a porta dos fundos do casebre, que estava escancarada. Como tinha empurrado as cadeiras para o canto, pôde passar, espremido, entre o armário e a mesa.

Depositou a madeira no chão de terra batida, soltou o lampião em cima da mesa, e puxou o banquinho. Ainda havia tempo para recuar. Não que tivesse qualquer dúvida a respeito do valor que sua empreitada teria para Deus, que aceita de bom grado todos os nossos sacrifícios, mas porque acreditava, justo que era, que no fundo da alma os homens conspurcam tudo o que fazem, mesmo as mais nobres ações, só de pensar muito sobre elas. Fazia aquilo por amor a Deus ou por soberba? Não era, ele próprio, também um pecador? Tudo muito confuso.

Mais do que a indiferença dos homens, temia a chacota, porque podemos muito bem suportar os corações empedernidos, que se fecham à nossa passagem, mas a dor que sentimos quando zombam da nossa fé é insuportável. E não adianta nos lembrarem que Ele ofereceu a outra face porque a ira que nos invade o peito é irrefreável. De todo modo, talvez o temporal, que prendia todos dentro de suas casas, fosse um sinal positivo do Senhor.

Colocou a tora sobre o banquinho e pôs-se a serrar.

Cortou confiando no olho, não mediu nada. Como a madeira estava úmida, o pescador padeceu para cortá-la com o serrote enferrujado. Gostava da palavra madeiro. Madeiro era palavra de homem de fé. Rezava enquanto o serrote, penosamente, subia e descia. *Na hora de nossa morte, amém*. Pensou na longa estrada que teriam de percorrer de pés descalços. Sangrariam por causa das pequenas pedras pontudas. Fazia parte do holocausto. O Senhor nos dará forças.

Quando a madeira se partiu, o pescador respirou fundo. Perfume bom de terra molhada e de serragem. As coisas de Deus cheiram bem. As dos homens, não. Os bafios da sua própria casa, por exemplo: a sopa do magro jantar, o último cigarro e o ranço peculiar, entre doce e amargo, de mulher adormecida.

Tinha agora dois pedaços de madeira, o mais curto era para os braços. Marcou o lugar onde faria o encaixe. Recomeçou a serrar. Difícil concentrar-se nas orações. Pensava num homem de barbas brancas voando entre anjos quando murmurava *Pai Nosso que estais no Céu*. Via um letreiro luminoso, desses de fachada de loja grande, quando rezava *Santificado seja o Vosso nome*. Pegou o formão para escavar o ponto de encaixe. Um cansaço quase invencível pesava-lhe nas pálpebras. Podia dormir, uns minutos só, sentado numa cadeira. Não! Passou a mão áspera pelo rosto, esfregou os olhos e persignou-se. Aquela soneira, está visto, era tentação do Capeta. Sacudiu os ombros magros e foi apanhar os pregos na gaveta do armário.

Arrastando as duas ripas, saiu para a tempestade. Aproveitou-se da nesga de luz do lampião, que escapava dançarina pela porta aberta, para cruzá-las. O encaixe não ficou lá essas coisas, mas ele não era marceneiro, como José. Os pregos entraram com facilidade na madeira molhada. O lenho. Gostava das palavras que o padre usava. Santo Lenho. Guardou no bolso os pregos para as mãos. A voz do padre dava dignidade até mesmo às mais pequenas coisas. O madeiro. O Santo Lenho.

Martelando afastava o cansaço. Isso, o trabalho mantém o demônio longe de nós. *Livrai-nos do mal, amém*. Para onde teria o vento furioso levado o som dos golpes do martelo? Olhos fechados, rosto erguido para o céu negro, o homem ficou escutando o batuque do seu coração acelerado. Sentiu o sangue pulsando forte nas têmporas. Tudo é usado pelo Tinhoso para distrair a gente das rezas. *Venha a nós o Vosso reino*: um castelo; *assim na terra como no céu*: um castelo entre as nuvens.

Rezava para não pensar. De que adianta viver se atormentando? As coisas só se resolvem quando O Pai quer que se resolvam. Às vezes, nos sonhos ou na vigília, Ele nos diz o que devemos fazer. Aquela cruz, no pátio, sobre o barro, por exemplo. Tinha de partir logo! Um homem de fé não pode vacilar. Um homem justo não pode ficar parado sem fazer nada já que Deus Pai nos deu a bênção do trabalho duro. A cruz estava pronta. Não sabia quanto tempo gastariam para vencer a estrada. O barranco, em frente à lagoa, era alto como um morro santo. A voz doce do padre. O Gólgota.

Por uns instantes, quando começou a chover forte, a mocinha sentiu uma alegria intolerável. Riu, rosto enfiado sob os lençóis. Uma alegria explosiva no coração. Água na terra, água dentro dela. No centro do corpo, atrás do umbigo, a nascente de água. Pensou naquele barulho quando a gente bebe água demais. Marulho interior. E no meio das águas um menino encantador, Pequeno Polegar.

Depois veio a tristeza, grossa e visguenta, como a aflição dos pesadelos, como o desalento que nos invade quando pressentimos que todos os dias são iguais, e que seguirão assim até o final dos tempos.

Perdera a mãe um ano antes. Recordava o dia terrível em que, ao chegar da escola, se defrontou com o pai na porta da casa, a esperá-la. Tua mãe morreu, disse ele. Vamos à cidade. Aquele foi o dia mais doloroso e lento de todos. Sentada no banco duro do hospital, esperou pelo pai, que percorria as funerárias pechinchando o preço dos caixões. Por fim, por uns poucos instantes, pôde ver o rosto azulado de sua mãe, mas não conseguiu beijá-la. Os coveiros estavam com pressa. E no dia seguinte não foi mais à escola.

Nas noites frias, gostava de dormir agarrando os joelhos magros contra os seios pequenos, mas tinha de parar com isso agora. Sufocava o Pequeno Polegar.

Na escola, os dias eram diferentes porque sempre alguém dizia uma coisa engraçada, e na hora do recreio pegavam sol na cara. E elas, as meninas mais velhas, até flertavam, mesmo sendo aqueles guris uns crianções. Olhavam para eles de cima, não só porque eram mais altas, mas porque tinham seios e fluxos. E eles apenas corriam feito loucos e se davam empurrões.

Os dias se tornam iguais, tristes, quando se deixa a escola. Quis continuar estudando, bastava-lhe um expediente para fazer a lida: varrer a casa, lavar e passar roupa, cozinhar. Mas o pai não permitiu. Disse que ela tinha de ser a dona da casa e ele não sabia de mulheres que estudassem. Se, pelo menos, possuíssem um radinho de pilha! Gostava de música. E nem na janela podia ficar, o pai não deixava.

Agora estava grávida, tinha o Pequeno Polegar dentro si, não precisava de mais ninguém. De início temera a reação do pai, mas ele não falou nada. Sabia, sim, que a filha estava prenha, via a crescente barriga redonda, mas não disse lhufas. Ele, que já não falava quase, simplesmente se fechou. Isso foi o pior. Esperava ser xingada e agredida, talvez até mesmo expulsa de casa, mas o pai apenas se entrincheirou num mutismo ainda mais impenetrável. Agora, viviam como inimigos, inimigos que se vigiavam o tempo todo.

Já nos primeiros dias, quando sentiu que não lhe vinha o sangue, decidiu que, por nada neste mundo, confessaria o nome do pai da criança. Guardaria sozinha o terrível segredo.

Mocinha com criança na barriga fica mais matreira. Sabia que não podia esperar boa coisa do pai. Aquele mutismo era de rancor. Era silêncio de tocaia, de bicho traiçoeiro preparando o bote. Alguma coisa ele estava arquitetando. Pensou mesmo em morrer, em deixar-se matar, mas isso foi no começo, nos dias de maior vergonha e desespero, quando queria encontrar aberta uma passagem para as chamas do inferno. Sim, a vergonha queimava mais que tudo. Aquele era pecado dos brabos, coisa para danação eterna. Pecado sem remissão. O pior dos pecados do mundo. Por isso aceitaria morrer junto com a semente que trazia no ventre. Não se pode matar um ser humano, está certo, mas e na sua condição? O que se pode esperar de uma criança gerada no mais hediondo dos pecados?

Mas tudo neste mundo de Deus tem um fim, até mesmo a maior das vergonhas e o pior dos remorsos. Especialmente quando se sente o primeiro chute da criança. Então a gente se transforma. Por isso, agora, vigiava todos os movimentos do pai.

Quando sentiu no corpo o visgo da umidade fria do temporal, estava com muito sono, olhos areentos, braços pesados. Mas só devia dormir quando escutasse o estralejar do colchão de palha sob o corpo magro do pai. Então poderia relaxar um pouco, dormir o sono inquieto dos que temem uma armadilha. Depois desse primeiro sono, breve mas profundo, dormiria outros, mais demorados porém mais leves. Acordaria, aí, com o menor movimento do homem que vigiava. Sabia que a cada dia tinha de redobrar os cuidados, mas a sucessão das vigílias sem incidentes a esgotara. Por isso, naquela noite, não escutou nem o serrote nem o martelo.

Foi acordada pelo pai, que tinha o mesmo rosto fechado do dia em que lhe morrera a mulher.

— Vamos — disse ele, ofegante.

Permaneceu calada por uns instantes, os sentidos captando toda a noite ao redor: a chuva grossa e o rugido dos trovões, o frio que entrava pela porta aberta da cozinha e o cintilar dos raios nas frestas da janela. Ruim mesmo era o que não via nem ouvia, o horror que pressentia escondido no convite.

— Vamos pra onde?

O homem não respondeu. A filha notou então que ele estava com a cinta na mão. Apanhara muito antes de ter sua primeira regra, estava acostumada, mas naquela noite notou que a fivela de ferro pendia na ponta da cinta. Levantou-se. Não podia apanhar, não por ela, mas pela criança. Como era mulher, insensivelmente, ajeitou os cabelos. O sono se fora e o cansaço também. Alguma coisa tinha de ser feita e ela a faria, o mais depressa que pudesse, porque a criança tinha de voltar para o quente da cama. Enfiou a capa de oleado.

Saíram para a chuva.

A nesga de luz que fugia pela porta da cozinha iluminava a cruz.

O dia se insinuava por trás da lagoa quando o padre e o homem gordo entraram no casebre.

Na sala, viram a moça deitada no sofá que usava como cama: o rosto virado para a parede, o cobertor cinzento moldando-lhe as curvas do corpo.

Passaram ao quarto. Afundado na cama, o rosto tisnado destacando-se contra o branco do travesseiro, o pescador parecia ainda mais magro e triste. Seus olhos pequenos e duros luziram raivosos ao ver os visitantes.

O padre ajoelhou-se ao lado da cama e, sem olhar diretamente para o ferido, perguntou-lhe se queria confessar.

— Ele não deu um pio na vinda até aqui — disse o gordo. — Não vai falar nada, eu acho.

— Preciso saber exatamente o que aconteceu para poder perdoá-lo — disse o padre.

— No geral, ele quase nunca abre a boca — voltou o gordo.

Cabeça abaixada, o padre parecia rezar.

— O pobre vivente não mexe um só dedo. É como eu lhe disse, seu padre, deve de ter quebrado o espinhaço quando caiu de cima do barranco.

O pescador voltou o rosto para a janela fechada, desinteressado dos visitantes.

— Como é que pode um homem ficar maluco duma hora pra outra? Adonde foi buscar a ideia daquela cruz?

— Cruz? — indagou o padre. Era um homem jovem e bonito. Cabelos negros, olhos índios, pele amorenada.

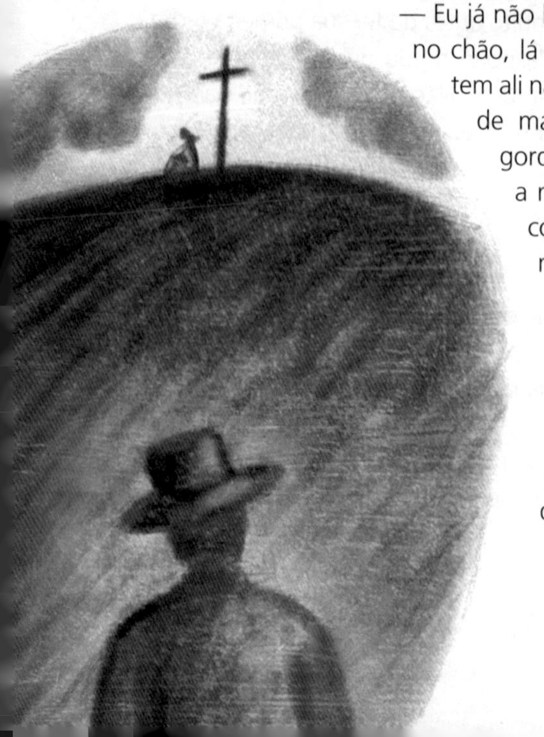

— Eu já não lhe falei na cruz? Estava cravada no chão, lá no alto daquele barrancão que tem ali na curva da estrada. Uma cruzona de mais de dois metros — disse o gordo, e mais uma vez narrou, com a mesma ênfase caótica, a desencontrada história que iniciara já na sacristia da igreja.

— Como eu lhe disse, eu estava voltando para casa, porque não consegui chegar na cidade. Eu ia lá comprar óleo combustível. Bem, quando cheguei na ponte sobre o arroio, vi que a água já estava cobrindo tudo. Aí, pensei comigo: estamos ilhados de novo. E comecei a voltar. Eu vinha meio desatento, xingando Deus e o mundo. Estava muito escuro ainda. De repente um raio mais forte alumiou tudo e eu pude ver aquela barranca bem alta sobre a lagoa. É tudo pelado lá em cima, sem uma árvore, porque o vento não deixa nenhuma semente se criar por ali. Na beira do barranco estava cravada a cruz.

O gordo persignou-se:

— Bah, aquilo foi um baque. Tomei-lhe um baita cagaço. Me benzi na hora. Cruz é coisa sagrada. Depois, em seguida, me atentei para uma outra sombra. Parecia gente acocorada. Parei o jipe e fiquei olhando a escuridão, mas, aí, quando veio outro raio, eu vi mesmo a cruz e aquilo outro que devia de ser uma pessoa agachada.

Ajoelhado, cabeça baixa, o padre observava o homem que gesticulava agitado.

— Saltei do carro. E me botei a patinar no lodo da encosta em direção ao alto da barranca. Penei uma barbaridade para subir. Veja, um cidadão com a minha corpulência! Lá em cima, encontrei a guria ajoelhada diante da cruz, rezando. Parecia em estado de choque, a coitada.

Imóvel, o pescador continuava a mirar a janela fechada.

— Comecei a falar com ela. De início, ela não dizia coisa com coisa. No chão eu vi uns pregos grandes e um martelo. Em seguida ela foi se acalmando. Entendi que o pai queria crucificar a coitadinha. Mas ela se defendeu, jogando ele lá de cima do barranco. Estava um frio bárbaro lá no alto. Peguei ela pela mão. Descer a ladeira foi mais fácil. No jipe passei uma manta por cima dela.

O gordo fez uma pausa. Sabia que tinha toda a atenção do padre.

— Sentei a guria no jipe e, de lanterna em punho, me fui procurar o pai. Meti o facho nas macegas e vi esse pobre homem aí — com um gesto do queixo trêmulo, apontou o pescador — caído na areia da praia, estatelado, os braços abertos. Arrastei o coitado até o jipe. Era um peso morto, um saco de batatas. Aquela areia fofa cansa as pernas da gente. Deitei ele na parte de trás, apertado entre os tonéis para o combustível, e pensei cá comigo: deve de ter caído de ponta-cabeça e arrebentado o espinhaço, não escapa de ficar paralítico.

Pelas frestas da janela fechada entravam os primeiros raios grises do dia.

— Aí, quando eu ia dar a partida no carro, a manta caiu de cima dela. Fui ajeitar. Senti uma coisa gosmenta nos ombros dela. Foquei a lanterna e vi. Era sangue mesmo. Devia de ser de carregar a cruz. Será que tinha levado a cruz até lá, estirão de quase dois quilômetros? Perguntei, mas ela não falou mais nada. Só gemia. Aí, me vim, desembestado, para cá e larguei eles aqui e corri para chamar o senhor. Mas antes disso teve o pior. Quando eu baixei ela do jipe, a pobrezinha fez água. Muita água. Aí eu comprendi que ela estava prenha. Tinha arrebentado a tal de bolsa. De modo que o parto é coisa pra logo. Veja, seu padre, uma guria que nem quinze anos tem!

O gordo parou de falar por uns segundos. Renovou o ar dos pulmões e continuou a falar:

— É como dizia minha mãe: em casa de pobre, o pão cai sempre com a manteiga pra baixo. O pai endoidou, quis pregar a filha numa cruz. A guria empurrou ele de cima do barranco e o pobre pode ficar entrevado. Pelo lado dela, a guria está buchuda e resolveu parir justo quando estamos ilhados, justo quando não temos como chegar ao hospital.

O gordo mais uma vez interrompeu a narrativa. Sua carantonha enfeitou-se com um sorriso malicioso. Lentamente, agachou-se ao lado do padre e sussurrou-lhe no ouvido:

— Sabe o que me passou pela cabeça, padre?

— Não! — respondeu o sacerdote, sobressaltado.

— Que essa guria foi embarrigada pelo próprio pai. O coitado sempre foi meio maluco, mas piorou depois que a mulher dele morreu. Pode ter abusado da filha. Quando viu que ela estava barriguda, aloprou e resolveu crucificar a pobrezinha.

— Vá correndo buscar a parteira — disse o padre e se pôs de pé.

A moça permanecia na mesma posição.

Já de saída, parado perto da porta, o padre perguntou, voz quase inaudível:

— Contaste para alguém?

A guria voltou o rosto. Seus olhos estampavam um rancor duro. Os olhos do padre desceram para o chão.

Devagar, ela sentou na cama. Depois, colocou os pés no chão. Levantou-se. Caminhou na direção do homem. Seus pés nus deixavam marcas de sangue no piso de tábua.

O padre recuou.

A guria sentia-se maior e mais forte do que ele. Havia carregado a cruz por toda a longa estrada, aguentado as chibatadas sem gritar; suportara o açoite da fivela e o corte das pedras nos pés. Depois, lá em cima, havia tido forças para empurrar o próprio pai barranco abaixo.

Pesando tudo, era uma pessoa muito forte. Conseguiria criar sozinha o filho que tinha no ventre, não precisaria da ajuda do homem que a havia deflorado.

— Fora daqui, seu porco! — disse e empurrou o sacerdote para a luz suja do dia chuvoso.

Este livro começou a surgir no ano 2000, quando eu reunia material para formar uma coletânea de contos, que sairia publicada no ano seguinte, sob o título *Ilhados*. Naquela época, o nome escolhido para o livro foi esse porque a solidão é uma característica marcante de quase todos os personagens.

Após a publicação, um texto de jornal me chamou atenção para um outro traço importante do livro: a maioria os contos retrata episódios vividos por crianças ou jovens. O título dado à reportagem – "Tratado sobre guris" – pareceu-me tão elegante que resolvi adotá-lo nesta nova edição.

Bem, as histórias que estão reunidas aqui foram escritas ao longo de quase vinte anos. Algumas delas já estavam num livro que publiquei em 1986 e que venceu um importante concurso literário em Santa Catarina. Outras foram publicadas ao longo dos anos 1990, em revistas ou jornais, e ganharam prêmios de prestígio, como o Concurso de Contos do Paraná e o Concurso de Contos Josué Guimarães.

Esses contos foram escritos com base em acontecimentos que vivi ou que me foram contados pelo meu pai ou pelo meu avô, mas há também histórias que nasceram exclusivamente da minha imaginação.

Sobre o ilustrador

Ilustrador, artista gráfico e capista, Roberto Weigand iniciou sua carreira ainda quando cursava a Faculdade de Arquitetura da Universidade de São Paulo, fornecendo charges e desenhos para jornais. Estreou com seu trabalho em revistas em 1994, ilustrando nove artigos de uma matéria especial sobre a Reforma Constitucional para a revista *Veja*. Em 1997, retornou à *Veja* para trabalhar no setor de infografia e ilustrar a seção "Guia".

Seu primeiro livro infantil ilustrado, *Dez Sacizinhos*, recebeu o Prêmio Jabuti de Ilustração Infantojuvenil, o Prêmio Ofélia Fontes e o Altamente Recomendável da FNLIJ. Em 1999 foi contratado pela revista *IstoÉ* para criar, editar e finalizar as capas da publicação. Recebeu por esse trabalho dois Prêmios Esso de Criação Gráfica, em 2000 e 2002. Foi também colunista da revista *Professional Publish*, na qual escrevia sobre criação, *design* e tratamento de imagem.

Em 2004, abriu seu estúdio para se dedicar mais à área de literatura, ilustrando ou criando projetos gráficos. Sua carreira é marcada por ter ilustrado obras de autores como Ana Maria Machado, Flavio de Souza, José Paulo Paes, Luciano Pontes, Luís Camargo, Rogério Andrade Barbosa, Ruth Rocha e Tatiana Belinky, entre outros.